Mystère au Kremlin

Merci à Rachel Griffiths,
maîtresse de l'univers des Cahill,
de m'avoir fait découvrir les trésors de Russie.

TITRE ORIGINAL :

The Black Circle

Catalogage avant publication de Bibliothèque et Archives Canada

Carman, Patrick
Mystère au Kremlin / Patrick Carman ; texte français
de Stéphane Dacheville.

(39 clés ; 5)
Traduction de : The black circle.
Pour les 8-12 ans.
ISBN 978-1-4431-1631-2

I. Dacheville, Stéphane II. Titre. III. Collection : 39 clés ; 5

PZ23.C21955Su 2012   j813'.6   C2011-905072-2

ISBN 978-1-4431-1631-2

Édition publiée par les Éditions Scholastic, 604, rue King Ouest, Toronto (Ontario) M5V 1E1

5 4 3 2 1 Imprimé en Espagne par Novoprint CP126 11 12 13 14 15

Mystère au Kremlin

Patrick Carman

Traduit de l'anglais (États-Unis)
par Stéphane Dacheville

Illustrations intérieures
de Philippe Masson

I. Un mystérieux télégramme

Le matin, Amy Cahill aimait bien être la première réveillée. Mais pas par un inconnu hurlant derrière la porte de sa chambre d'hôtel.

– Un télégramme pour M. et Mme Cahill !

Un tonnerre de coups s'ensuivit. Amy bondit aussitôt sur ses pieds, prise d'une pensée terrifiante : « Les Madrigal ! »

Les cris redoublèrent :

– Message pour vous !

Craignant d'être attaqués par cette mystérieuse secte dont ils savaient si peu de chose, Amy, son frère Dan et Nellie, la jeune fille au pair, avaient changé d'hôtel pendant la nuit. « Les Madrigal ne peuvent sûrement pas savoir qu'on est ici ! », se dit-elle pour se rassurer.

Dan dégringola du soyeux canapé doré sur lequel il dormait et atterrit lourdement sur le sol.

– Non, Irina ! Pas Catfish Hunter ! hurla-t-il.

Amy poussa un soupir. Une fois de plus, son frère était plongé dans ce rêve où Irina Spasky, leur cousine, déchiquetait de ses ongles la carte du joueur de base-ball qu'il aimait tant.

– Réveille-toi, Dan. Ce n'est qu'un rêve.

On frappa de nouveau à la porte.

– Télégramme !

Nellie dormait toujours à poings fermés. Dan cauchemardait, elle n'avait pas le choix.

– J'arrive ! lança-t-elle. Une seconde !

L'estomac noué, elle hésita. Et si jamais elle faisait entrer quelqu'un de dangereux ?

« Allez, Amy, secoue-toi un peu ! », se dit-elle pour se donner du courage.

Elle ouvrit la porte, et ses yeux tombèrent sur un groom égyptien planté dans le couloir. Beaucoup plus petit qu'elle, le garçon portait un sublime uniforme rouge avec des boutons dorés sur le devant, trop grand pour lui d'au moins deux tailles. Il tenait dans ses mains une enveloppe cachetée.

– Pour vous, madame. Quelqu'un l'a laissée à la réception.

Amy prit le pli, et le groom fit un pas vers elle avec un grand sourire, l'air d'attendre quelque chose.

– J'apporte un message de la réception, ajouta-t-il. Pour vous, madame.

Le garçon avait un pied dans la chambre et l'autre à l'extérieur, ce qui rendait Amy nerveuse.

– Vous avez autre chose pour moi ?

– Quelqu'un a laissé ça pour vous, répéta-t-il en désignant l'enveloppe, sans se départir de son sourire.

– Donne-lui ça ! fit Dan, agacé. Que je puisse me rendormir !

En se retournant, elle vit son frère qui marmonnait face contre la moquette, trop paresseux pour relever la tête. Il agitait un billet de cinq livres égyptiennes, soit environ un dollar.

Après avoir donné le pourboire au jeune garçon, Amy referma la porte. Piquée par la curiosité, elle ne pouvait se recoucher. Elle examina l'enveloppe : leurs noms avaient été tapés sur un vieux modèle de machine à écrire dont le A majuscule était visiblement absent. De plus, certaines lettres étaient soulignées, sans logique apparente.

Amy déchira l'enveloppe et s'assit sur le sofa. Elle blêmit aussitôt à la lecture du mot. Saladin, le dos rond, poussa un miaulement de chat affamé tout en faisant ses griffes sur le dessus-de-lit doré.

– Dan, tu ferais bien de te lever.

Comme il ne bougeait pas, elle hurla :

– TÉLÉGRAMME POUR DAN !

Il redressa la tête avec énergie pour montrer qu'il était revenu à la réalité. Mais Amy savait pertinemment que son frère n'était pas bien réveillé. Quant à Nellie, elle était toujours blottie sous les couvertures. Le mince cordon blanc de son iPod sortait, tel un serpent, de dessous les trois oreillers qu'elle avait empilés sur sa tête.

– L'hôtel pourrait s'écrouler, cette fille continuerait à dormir comme un loir ! plaisanta Dan.

– Écoute ça !

Elle lui lut le début du télégramme : *Aéroport international du Caire, casier n° 328. 56-12-19. NRR…*

– Hum ! Encore un adversaire qui veut nous tendre un piège ! Appelons plutôt le room-service et recouchons-nous.

– Je n'en suis pas si sûre. Tiens, jette un œil à la suite.

Et elle lui tendit le papier.

CAIROMODERN
T E L E G R A P H
TÉLÉGRAMME
Le Télégraphe CairoModerne transmet et expédie des messages selon certaines modalités.

DATE:

HEURE D'ENREGISTREMENT

BREVET N°
349384 - 0245
-5653 - 00345

A: DAN CAHILL

DE:

Aéroport international du Caire, casier n° 328. 56-12-19. NRR.

Au pied du bouleau joli
Sous six pieds enseveli
Gît un trésor de bouchons
Caché par un petit garçon.

Le visage de Dan se décomposa.

– À part toi et moi, personne n'est censé être au courant !

– Si, Grace ! Celui ou celle qui nous a envoyé ça devait suffisamment la connaître pour qu'elle lui en ait parlé.

Son frère était trop choqué pour prononcer un mot. L'année dernière, il avait apporté au manoir de leur grand-mère sa précieuse collection de soixante-trois capsules – de l'ancienne bouteille de Coca-Cola à celle de Dr. Pepper – rangée dans une vieille boîte à cigares. Grace lui avait prêté une pelle pour qu'il puisse, s'il le souhaitait, l'enterrer dans le jardin de la propriété. Une fois le trésor caché, il avait tenu à leur en indiquer l'emplacement précis ainsi que la profondeur, au cas où il viendrait à mourir d'un accident de snowboard ou de skydiving. « On n'est jamais trop prudent », avait-il déclaré.

Dan posa ses yeux verts pleins d'espoir sur sa sœur :

– Tu penses que c'est Grace qui nous aide, une fois de plus ?

Ils parlaient souvent de leur grand-mère au présent, comme si elle était encore de ce monde. Grace, qu'ils avaient tant aimée, avait lancé un défi à ses héritiers dans son testament : soit encaisser tranquillement un million de dollars, soit partir à la recherche des 39 clés censées donner le pouvoir absolu. Amy n'en revenait toujours pas de voir où cette chasse aux clés les avait conduits en aussi peu de temps. Ils avaient déjà parcouru quatre continents et avaient failli se faire tuer, à plusieurs reprises, par des membres de leur propre famille. Alors si Grace Cahill, même morte, les mettait sur une nouvelle piste, Amy était convaincue qu'ils devaient la suivre.

– Allez ! lança-t-elle. On y va.

Dix minutes plus tard, ils traversaient le hall bondé de l'hôtel, un sac à dos comme simple bagage. Dan avait insisté pour emmener son précieux ordinateur portable, et Amy avait pris le téléphone de la jeune fille au pair en cas de besoin.

– J'ai laissé un mot à Nellie pour lui dire qu'on sortait acheter des beignets. Pourvu que ça ne nous prenne pas toute la matinée ! Maintenant, il faut qu'on trouve un moyen d'aller à l'aéroport.

– T'inquiète ! Je m'en occupe.

Dan ouvrit son sac à dos et en tira une liasse de billets froissés qu'il fourra dans sa poche. Ce n'était pas une grosse somme : environ cinquante dollars américains en livres égyptiennes.

– Hep ! Taxi ! Hep !

– Tu n'es pas à New York ici ! lui fit remarquer Amy. Essaie de sourire un peu. Imagine que tu viens juste de découvrir une clé.

Comme par miracle, une voiture blanche et noire surmontée d'une énorme galerie fonça droit sur les enfants avant de piler devant eux dans un crissement de pneus. Un Égyptien en sortit. Il leur fit signe d'approcher.

– Venez, venez ! J'ai une jolie voiture pour vous !

Dan s'avança en lançant à sa sœur un regard du style *Je-te-l'avais-bien-dit*. Le chauffeur s'empressa d'ouvrir la portière et, rapide comme l'éclair, lui arracha le sac à dos des mains pour le mettre dans son coffre.

– Non merci, amigo ! lança Dan. Je vais le garder, si ça ne vous dérange pas.

Le garçon reprit son sac, lui tendit un billet de dix livres et s'engouffra à l'arrière du taxi.

Amy, écarlate, balbutia des excuses. Elle sentait que son frère allait passer la matinée à lui faire honte !

– On est pressés, mon brave, ajouta-t-il, confirmant ainsi les craintes de sa sœur. À l'aéroport, à fond la caisse !

– Pas de problème !

L'homme claqua la portière, évitant de justesse le pied d'Amy, puis courut s'asseoir au volant.

– Tu vois, Amy ! Tout est OK. Ce type est parfait. Installe-toi bien et HAAAAA !!!…

Le taxi démarra en trombe et se mit à zigzaguer à pleine vitesse entre les voitures. Tandis qu'il frôlait en klaxonnant des bus pleins à craquer et des piétons furieux, Amy fut projetée à plusieurs reprises contre Dan et la portière. Dix minutes plus tard, le trafic devenant plus dense, il ralentit. La jeune fille en profita pour jeter un coup d'œil en arrière et comprit qu'ils avaient un problème. Inquiète, elle pivota vers son frère en écarquillant les yeux.

– Niveau sécurité, il est un peu limite, non ? constata Dan. Je vais lui demander d'y aller mollo.

– NOOON ! Qu'il accélère, au contraire !

Devant le visage paniqué de sa sœur, le garçon se retourna à son tour. Un scooter jaune citron qui slalomait entre les véhicules, piloté par un grand costaud en survêtement violet.

– Hamilton !

Il s'agissait bien d'Hamilton Holt, membre d'une famille de géants à la recherche, eux aussi, des 39 clés.

– Plus vite ! hurla-t-elle.

Le chauffeur l'ignora. Dan sortit alors un deuxième billet de dix livres qu'il jeta sur le siège passager.

Aussitôt, l'Égyptien enfonça la pédale d'accélérateur. Le véhicule fit une violente embardée et partit à toute allure. Au cours du quart d'heure suivant, le garçon lança régulièrement de l'argent au chauffeur jusqu'à ce qu'il réussisse à semer Hamilton Holt. Une fois à l'aéroport du Caire, le taxi freina brusquement. Dan tâta ses poches, mais elles étaient vides.

– C'est bon ! fit l'homme avec un sourire radieux. Vous avez assez payé !

– Bravo, espèce d'abruti ! se fâcha Amy. Nous voilà coincés à l'aéroport sans un sou. Nellie va être furieuse quand elle s'apercevra qu'on lui a pris son téléphone. On a tout dépensé, on ne peut plus rentrer à l'hôtel. Et en plus, on n'a même pas acheté les beignets ! C'est une catastrophe !

– On n'avait pas le choix, se défendit-il.

La jeune fille sentit soudain son cœur s'emballer : une limousine noire extralongue se garait derrière eux. La portière s'ouvrit.

Ian et Natalie Kabra ! Une équipe autrement plus dangereuse que les Holt venait d'arriver sur les lieux.

2. Départ précipité

En temps normal, Dan Cahill aurait préféré qu'on le surprenne en slip à l'école plutôt que d'avoir à se mêler de la vie sentimentale de sa sœur. Mais là, c'était différent.

Fidèle à son habitude, Ian Kabra sortit fièrement de la limousine en arborant un sourire satisfait. Dan jeta un coup d'œil furtif à Amy : elle avait beau foudroyer le jeune homme du regard, ses mains tremblaient. « Ce gars-là ne manque vraiment pas d'air ! », songea-t-il. Non seulement Ian avait menti à sa sœur en lui faisant croire qu'il l'aimait, mais en plus, il n'avait pas hésité à les piéger pour qu'ils finissent leurs jours au fond d'une grotte.

Le moment était venu de lui dire ses quatre vérités.

– Tu es culotté de te pointer ici, après avoir essayé de nous tuer ! lança Dan.

– Du calme...

Ian s'adressa à la jeune fille :

– Ton petit frère a une imagination débordante. Tu sais bien que je ne pourrais jamais te faire de mal.

Dan était conscient que si Amy se mettait à parler maintenant, elle ne ferait que bégayer. Cette fois-ci, il était bien décidé à empêcher le jeune homme d'embobiner sa sœur.

Il lui chuchota :

– Tiens bon, Amy.

– Ça va, ça va, affirma-t-elle.

Mais le frémissement de ses lèvres trahissait son trouble.

Le garçon s'en prit alors violemment à Ian :

– Remonte dans ta voiture de riche et fiche-nous la paix !

Avec un sourire en coin, le jeune Kabra s'approcha nonchalamment du chauffeur de taxi.

– Merci, mon brave. Vous avez fait du bon travail. Tenez...

Et il lui tendit une épaisse liasse de billets entourée d'un élastique.

– Qu'est-ce que ça veut dire ? demanda Dan, médusé.

– Tu devrais suivre un cours d'espionnage, répondit Ian, sarcastique.

Natalie sortit de la limousine noire, dépliant lentement ses jambes comme un mannequin en pleine séance photo.

– Salut, Dan ! Quelle dégaine ! Je rêve ou tu as dormi tout habillé ?

Le garçon examina son sweat à capuche zippé jusqu'au menton, et bafouilla :

– Euh… je…

– Il paraît que le « plissé-froissé » est très tendance cette année ! ajouta-t-elle. Demande à Jonah Wizard. Il te le confirmera.

Ian passa alors aux choses sérieuses :

– Allez, ne faites pas les malins. Dites-nous pourquoi vous êtes ici.

Telle une souris hypnotisée par un cobra, Amy ne pouvait détacher son regard du visage du jeune homme.

Grassement payé, le chauffeur de taxi remonta dans sa voiture et démarra. Un panache de fumée noire jaillit du pot d'échappement, en plein sur Natalie. Comme celle-ci hurlait en se protégeant les cheveux, Dan jugea le moment idéal pour filer à l'intérieur de l'aéroport.

– Amy, viens !

Il saisit la main de sa sœur. Mais Ian réagit rapidement et agrippa l'autre.

– Lâche-la ! rugit Dan.

– Elle aime bien que je lui tienne la main, riposta Ian. N'est-ce pas, Amy ?

Sans un mot, elle recula d'un pas. Puis elle lui asséna un coup de pied dans le tibia avec une force dont elle ne se serait jamais crue capable. Il lâcha prise et se mit à sautiller sur une jambe. Les Cahill en profitèrent pour s'éclipser.

Dan exulta :

– Bien visé !

Amy lança par-dessus son épaule :

– À la prochaine, bande de minables !

– Rattrape-les ! ordonna Ian à sa sœur, tandis qu'il boitait péniblement vers l'entrée du terminal.

Une fois dans l'aéroport, les deux Cahill se fondirent dans le flot des voyageurs munis de valises à roulettes. Mais les Kabra étaient toujours à leurs trousses.

Amy attrapa son frère par le coude.

– Par ici !

Elle l'entraîna à l'intérieur d'une boutique noire de monde. Ils ressortirent par-derrière quelques secondes plus tard, pour se faufiler aussitôt dans un autre magasin tout aussi bondé. Dan était convaincu de les avoir semés. À l'abri derrière un pilier, il jeta un coup d'œil en arrière : Ian clopinait dans leur direction, le nez collé sur son téléphone portable.

– Oh ! oh ! Je crois qu'on s'est encore fait avoir.

Il fouilla son sac à dos et découvrit, caché dans la pochette extérieure, un téléphone doté d'un traceur GPS qui indiquait leur position en clignotant.

– Le chauffeur de taxi a dû le glisser là quand il a pris mon sac, grommela-t-il.

– Donne-moi ça, chuchota Amy en lui arrachant le portable des mains. Je sais exactement quoi faire de ce mouchard !

Elle fonça à travers la foule qui venait en sens inverse, son frère sur les talons, et jeta l'appareil dans une poussette. Puis elle se réfugia dans une librairie, où elle ouvrit le premier livre qui lui tomba sous la main. La femme à la poussette, visiblement en retard, courait vers une porte d'embarquement.

Les Kabra étaient tellement concentrés sur leur écran qu'ils dépassèrent les Cahill sans les voir et s'élancèrent derrière la dame en question.

– Bien joué ! fit Dan. J'espère qu'ils récupéreront leur jouet hors de prix couvert de bave !

Amy lui adressa un sourire triomphant. À l'évidence, le fait d'avoir roulé les Kabra – et surtout Ian – lui avait redonné confiance en elle.

– Maintenant, le casier !

Le casier n'était pas très grand – environ trente centimètres de côté –, mais plein à craquer. Il contenait trois objets, qu'Amy retira l'un après l'autre.

– On dirait un presse-papiers, non ?

Elle tenait au creux de sa main une boule de verre couleur miel.

– Fais voir, fit Dan en tendant le bras.

– Pas question ! Je te connais. Elle va finir par terre en mille morceaux. Laisse-moi d'abord la regarder.

Il ne protesta pas, suggérant simplement :

– Tourne-la vers la lumière pour mieux voir.

Amy l'examina attentivement.

– À l'intérieur, on dirait une chambre, avec une mère assise sur une chaise.

– Comment tu sais que c'est une mère ?

– Elle a un bébé dans les bras, pardi ! Tiens... Je vois aussi trois lettres sur un mur – TSV – et... Beurk ! Je crois que, sur l'autre, il y a un œil qui me fixe.

– C'est flippant !

Elle lui tendit l'objet pour qu'il le range délicatement dans son sac à dos. Ils l'inspecteraient plus tard. Dan détestait quand sa sœur le traitait comme un gamin de trois ans, et l'idée de faire rouler la boule dans le couloir de l'aéroport l'effleura. Mais il préféra l'étudier à son tour.

– Tu as remarqué la clé ?

– Quelle clé ? Qu'est-ce que tu racontes ?

– En dessous, précisa-t-il après l'avoir retournée.

En effet, incrustée dans le verre, était cachée une minuscule clé.

– Le moment venu, je fracasserai la boule pour la récupérer, ajouta-t-il.

– Le presse-papiers retenait un document ! s'écria Amy.

Elle sortit du casier un fin parchemin de la taille de sa main, recouvert de lettres richement ornementées :

20

– Il s'est donné du mal, celui qui a écrit ça ! observa Dan.

Quelque chose dans cette suite de lettres lui parut étrangement familier. Mais il ne parvint pas à savoir quoi, d'autant qu'il commençait à avoir sérieusement faim.

– Y aurait pas un truc à grignoter dans ce coffre ? Il faut que je mange. Mes neurones ont besoin de sucre.

Ignorant la remarque de son frère, Amy tâtonna une dernière fois à l'intérieur du casier. Tout au fond, elle sentit une boîte de vingt-cinq centimètres de côté et la sortit.

Dan s'en empara.

– J'espère qu'elle est pleine de marshmallows !

– Hé ! Attention !

Vexé, le garçon s'apprêtait à la rembarrer. Mais elle le prit de court en s'excusant aussitôt.

– Désolée. Je suis un peu sur les nerfs. Vas-y, tu peux l'ouvrir.

Il souleva le couvercle, examina rapidement le contenu et éclata de rire.

– Y a tout ce qu'il faut pour se faire une nouvelle tête ! Tu as vu ? D'après ça, j'ai dix-neuf ans ! Un vrai hippy de San Francisco !

Il tendit à Amy le premier des deux passeports habilement falsifiés, qui était à son nom. Sur la photo, il portait une barbichette, une moustache et des lunettes à la John Lennon.

– Fais voir l'autre !

D'une pichenette, il ouvrit le second passeport et faillit tomber à la renverse.

– Hum, je te conseille vivement de changer de coiffeur, ma pauvre !

Amy se vit affublée d'une courte perruque noire et de lunettes chics cerclées de rouge.

– Moi, j'ai vingt ans ! fanfaronna-t-elle.

Dan essaya son déguisement sans tarder.

Dans le fond de la boîte, sous la perruque qui lui était destinée, Amy repéra un livre de poche assez épais.

– Un guide touristique sur la Russie ! s'extasia-t-elle. Et tout usé en plus, comme j'aime ! Quelqu'un s'en est servi lors d'un long voyage, ça se voit.

Dan avait un mauvais pressentiment :

– À mon avis, ce n'est pas bon signe !

– Et si ce livre avait appartenu à Grace ?

– Ce n'est vraiment pas bon signe ! se contenta-t-il de répéter.

Sa sœur était surexcitée. Elle adorait les livres. Et celui-là lui plaisait particulièrement. Déjà usé, donc inutile d'en prendre soin ; avec un « vécu », car il était passé entre les mains de Dieu sait combien de voyageurs avant elle. En feuilletant, elle tomba sur deux billets d'avion glissés entre deux pages.

– Des billets à nos noms pour Volgograd, en Russie !

Dan était catastrophé :

– Je m'en doutais !

Elle regarda sa montre :

– Le vol part dans une heure. Qui peut nous croire suffisamment stupides pour imaginer qu'on va s'envoler en Russie sans aucune explication ?

– Hé ! s'écria soudain Dan.

Il y avait un autre objet dans la boîte qui, du point de vue du garçon, était de loin le plus intéressant.

Il en retira une carte Visa Gold flambant neuve.

– SUPER ! Viens, on va se les acheter ces beignets ! À nous les jeux vidéo ! À nous les ordinateurs !

– Du calme !

Amy enfila sa perruque noire en prenant soin de dissimuler ses vrais cheveux auburn. Avec ces lunettes rouges sur le nez, elle était pratiquement méconnaissable.

– Ça te fait un de ces looks ! se moqua Dan.

– Tu t'es vu ? Plus ringard que toi, tu meurs !

– Merci pour le compliment !

Mais lorsqu'il retourna le parchemin, son sang ne fit qu'un tour. Brusquement, il n'avait plus du tout envie de plaisanter.

– Amy…

– Qu'est-ce qui se passe ?

Elle voulut prendre le document, mais il le serra instinctivement contre sa poitrine. Il s'agissait là d'un trésor dont il ne voulait pour rien au monde se séparer. Il regarda sa sœur dans les yeux :

– On doit prendre cet avion à tout prix !

3. Bienvenue en Russie !

Dans ses rêves de voyage les plus fous, jamais Amy Cahill n'avait imaginé qu'elle se retrouverait un jour assise à côté d'un John Lennon modèle réduit.

– Ça m'étonnerait qu'on déniche des beignets en Russie, murmura-t-elle en fixant les ridicules lunettes rondes de son frère.

– Pas grave ! J'ai tout ce qu'il faut !

En effet, leur sac à dos était rempli de friandises sucrées et salées. Dan avait tout acheté grâce à sa nouvelle meilleure amie, la carte bancaire. Il ouvrit un sachet de chips et abaissa le dossier de son siège.

Plutôt que de grignoter, Amy préféra se concentrer sur ce qu'ils allaient faire une fois sur place. Elle avait finalement réussi à convaincre Dan de lui confier le parchemin pour éviter qu'il ne mette plein de miettes dessus. Et le simple fait d'avoir ce nouvel indice entre les mains la fit réfléchir. Le télégramme qu'ils avaient reçu ce matin était signé « NRR ». Or ni elle ni son frère ne savait de qui il s'agissait. Pire, la batterie du portable de Nellie étant à plat, il leur était impossible de la joindre.

– Tu crois qu'on peut faire confiance à ce NRR ? demanda-t-elle. On est tout seuls sur ce coup-là. Nellie ne pourra pas nous protéger. Si ça se trouve, c'est encore un piège.

– Tout ce que je sais, c'est que je vais avoir du mal à supporter cette moustache pendant quatre heures de vol ! Elle me gratte déjà !

– Tu ne peux pas être sérieux une minute ? On va en Russie. EN RUSSIE, tu te rends compte ? Sans Nellie, ni Saladin.

– Redonne-moi ça, exigea le garçon en s'emparant du parchemin.

Il examina les lettres cryptées, puis retourna le document. Ce côté-ci l'intriguait davantage, et Amy devinait pourquoi : c'était à cause de la photo qui y figurait. Elle observa son frère tandis qu'il regardait, fasciné, le cliché en noir et blanc d'un jeune couple, visiblement amoureux, devant l'ambassade américaine de Russie.

– C'est bien eux, pas vrai ? murmura-t-il.

– Affirmatif !

Dan ayant perdu à Paris l'unique photo qu'ils avaient de leurs parents, c'était un miracle pour lui d'en avoir une nouvelle. Cette découverte les bouleversait tous les deux.

« Maman, papa, que faisiez-vous en Russie ? », pensa-t-elle.

Tout à coup, elle fut prise d'un doute :

– C'est formidable de les voir ainsi, jeunes et heureux. Si quelqu'un cherche à nous manipuler, c'est réussi ! Et dans ce cas, je trouve ça monstrueux !

– Je suis bien d'accord !

Le garçon fit courir un doigt sur les bords de la photographie, effleura le visage de sa mère et scruta les yeux d'un père dont il arrivait à peine à se souvenir.

– C'est peut-être l'occasion d'en apprendre un peu plus sur eux…

Amy comprenait son frère, car elle ressentait la même chose que lui.

Sous le cliché, il y avait un message manuscrit. Pour la centième fois ou presque, Dan le lut à voix haute pour essayer d'en comprendre le sens :

L'heure tourne. Vous avez trente-six heures pour me retrouver, après quoi, la porte de la chambre sera fermée pour toujours. Venez seuls, comme jadis vos parents, ou ne venez pas du tout. Ne faites confiance à personne. NRR.

Il retourna le document avec précaution afin de relire les lettres cryptées. Il les examina pendant la durée du décollage, mais, n'y comprenant rien, les laissa de côté pour dévorer une poignée de biscuits apéritifs.

Au passage du chariot à boissons, il commanda un soda qu'il but d'un trait. Soudain, il eut une idée.

– On va où déjà ? Volvo… comment ?

– Volgograd !

– Yes ! Donne-moi l'enveloppe que le groom t'a remise ce matin.

Amy s'en servait comme marque-page. Elle la lui tendit, curieuse de voir où il voulait en venir.

Il prit un magazine de la compagnie aérienne, en déchira une page puis écrivit ceci : RGOLGOVAD.

– C'est bien ce que je pensais ! Il manquait une lettre. Ça me turlupinait ! En fait, il faut compléter les blancs avec les lettres qui sont soulignées sur l'enveloppe. Ici, grâce au L, ça donne VOLGOGRAD, tu vois ?

Il se mit à répéter l'opération sur les mots suivants, pendant que sa sœur consultait l'index des villes russes figurant dans le guide touristique. Au bout de quelques minutes, ils avaient obtenu la liste suivante :

RGOL_GOVAD	Volgograd
BEÉRMKSISOI	Omsk, Sibérie
_DNACABÉRSAM_IEI	Magadan, Sibérie
GBSAINUOXRTÉPRE_TS_2	Saint-Pétersbourg × 2
ENB_IR_OGKRUIEAT	Iekaterinbourg
O_C_OSUM	Moscou

– Iekaterinbourg ! s'écria Dan. Tu crois que c'est un fief des Ekaterina ? Et si on oubliait ce bled ?

Amy ne prit pas la peine de lui répondre. Elle venait de comprendre autre chose :

– Dans celui de Saint-Pétersbourg, on a un X et un 2 en trop. Je parie que ça signifie « fois deux ». Autrement dit, on aura deux choses à découvrir là-bas.

– OK, mais qu'est-ce qu'on est censés faire dans toutes ces villes ?

– Pour Volgograd, j'ai ma petite idée. Je crois que la boule de verre nous met sur une piste.

– Comment ça ?

Elle la sortit du sac à dos et la souleva pour permettre à Dan de mieux voir.

– Les lettres sur le mur – TSV –, ce sont les initiales d'une seule et unique ville : Tsaritsyne, Stalingrad et Volgograd. D'après ce que j'ai lu dans le guide, ils l'ont renommée deux fois au cours de l'histoire.

– Les Russes ne savent pas ce qu'ils veulent, ou quoi ?

Ignorant la remarque de son frère, Amy lui glissa au creux de l'oreille :

– Je pense avoir deviné ce qu'on doit rechercher quand on aura atterri.

– Arrête de me faire poireauter ! s'impatienta Dan en essuyant ses doigts pleins de sel sur sa drôle de barbiche.

Elle tapota la couverture de l'ouvrage :

– On trouve beaucoup de réponses dans les livres. Tu n'as qu'à en ouvrir un de temps en temps !

Dès qu'il posa le pied en Russie, Dan s'étrangla avec une chips de maïs avant de la recracher.

– Beurk ! fit Amy. T'es dégoûtant ! Tu n'auras *jamais* de petite copine !

– Comme si j'en voulais une !

En temps normal, il aurait remis sa sœur à sa place, mais là, il était trop déconcentré. Tous ses sens étaient en alerte. Chaque pancarte qu'il voyait était écrite dans un alphabet étrange, impossible à déchiffrer. L'air qu'il respirait était saturé d'arômes encore inconnus. Ses oreilles étaient assaillies par le vrombissement d'une multitude de bus rouges et jaunes. Et puis, cette langue nouvelle qu'il entendait était si exotique...

Là, à la sortie de l'aéroport de Volgograd, les deux enfants balayèrent du regard les files chaotiques de taxis crasseux qui ne leur inspiraient pas du tout confiance, surtout après ce qui leur était arrivé au Caire.

– Qu'est-ce que tu dis de ce type-là ? suggéra le garçon.

– Ne le regarde pas dans les yeux, recommanda-t-elle. Sinon, il ne nous lâchera plus.

Trop tard. Le taxi fonçait droit sur eux. En apercevant cet homme barbu planté devant une camionnette des années 1960, Dan avait tout de suite eu une bonne impression. Il s'était dit que son nouveau look baba cool irait très bien avec cette fourgonnette vintage.

– Pas de panique. Lui et moi, on est faits pour s'entendre.

– C'est ta barbiche qui te rend encore plus idiot ou quoi ?

La camionnette arriva à toute vitesse et pila juste devant eux.

– On voudrait louer une voiture, déclara Dan. Vous pouvez nous aider ?

« Quoi ? s'étonna Amy. Louer une voiture ? Mais qui va conduire ? »

– Je connais un gars, répondit le Russe. C'est la meilleure affaire de Volgograd.

Le garçon n'avait jamais conduit, mais se débrouillait plutôt bien sur une moto de cross. Il montra furtivement sa carte bancaire avant de la ranger dans sa poche.

– Vous pouvez nous trouver une moto ? On aime le grand air.

L'homme barbu lui fit un clin d'œil, et moins d'une heure plus tard, dans une ruelle, Dan tenait le guidon d'une vieille moto militaire russe kaki. Amy était à ses côtés, assise dans un side-car.

– Tu es sûr de savoir conduire ce machin ? s'inquiéta-t-elle en serrant son guide contre elle.

Au même instant, une camionnette de livraison les frôla en klaxonnant. Une fois le danger écarté, Dan mit les gaz et quitta la ruelle.

– Accroche-toi ! Ça va secouer !

– Tu es fou ! Ralentis !

Mais son frère ne l'écoutait déjà plus. Il tenta plusieurs fois de passer la seconde, en vain. Il roulait en zigzag, et le moteur commençait à chauffer. Les coups de klaxon fusaient de partout, les piétons leur lançaient des regards réprobateurs. Lorsqu'il réussit finalement à enclencher la vitesse, la moto fit une embardée et s'engouffra à contresens de la circulation. Sous l'effet de la surprise, il faillit lâcher le guidon et perdre le contrôle du véhicule.

– D-D-D-Dan ! bégaya Amy, le doigt pointé sur les voitures qui arrivaient en face.

Mais le garçon passa la troisième avec succès, accéléra, et rejoignit sans encombre la bonne file.

– Ça y est ! claironna-t-il, un large sourire aux lèvres. J'ai compris comment ça marche !

D'un geste vif, Amy enleva sa perruque et ses lunettes, avant de les ranger dans le sac à dos.

– Tu parles ! Tu vas finir par nous tuer, oui !

– T'inquiète ! Je contrôle la situation !

La jeune fille repéra un vieux casque déglingué qui roulait sur le plancher. Elle l'enfila, puis s'empara du guide, qu'elle ouvrit à la dernière page, celle sur laquelle le chauffeur barbu avait griffonné quelques indications.

– Il faut prendre la troisième à gauche.

Comme les panneaux routiers étaient tous écrits en russe, ils faillirent manquer la bonne sortie.

– Là ! Là ! hurla-t-elle.

Elle avait les doigts tellement crispés sur le rebord du side-car que ses phalanges étaient toutes blanches.

Il freina brutalement et négocia son virage de justesse, laissant derrière eux une trace noire de pneu brûlé.

– Génial !

Vingt minutes plus tard, la moto s'immobilisa sur un parking grand comme un terrain de football.

Après s'être débarrassé de sa moustache et de son bouc, Dan parcourut du regard l'immense monticule herbeux qui s'étendait devant lui. Dans l'horizon nuageux se dressait, tel un gratte-ciel, l'imposante statue d'une femme brandissant une épée au-dessus de sa tête. Ils l'avaient aperçue de loin tandis qu'ils traversaient la ville à toute allure.

– C'est la statue de la Mère Patrie, expliqua Amy. Elle est deux fois plus haute que celle de la Liberté. Tu sais ce qu'elle représente ?

– Aucune idée, mais tu ne vas pas tarder à me le dire.

– Elle commémore la victoire de la bataille de Stalingrad, pendant la Seconde Guerre mondiale. Plus d'un million de personnes sont mortes ici même. Alors pas de plaisanteries, s'il te plaît !

À cet endroit, des parents avaient perdu la vie, laissant à d'autres le soin de s'occuper de leurs enfants devenus orphelins. Dan connaissait cette douleur, cette frustration causée par des questions sans réponse, ce terrible sentiment d'abandon. Pensive, Amy toucha son collier de jade, celui qui avait appartenu à Grace, et fit rouler le pendentif entre ses doigts.

– On ferait mieux d'y aller, suggéra Dan. On ne sait jamais ! On a peut-être été suivis.

Et il se dirigea vers la Mère Patrie.

Le site était noir de monde : des familles au grand complet, des vieux couples munis de cannes, d'innombrables touristes, des gardiens en uniforme.

– J'avais espéré qu'on ne rencontrerait personne, avoua Amy. Cet endroit grouille de policiers et de visiteurs, alors attention, d'accord ?

Il acquiesça et proposa qu'ils se séparent, de manière à ratisser plus large.

Amy avait deviné, à bord de l'avion, que la femme assise sur une chaise à l'intérieur de la boule de verre devait symboliser la Mère Patrie. Mais avec l'œil sur un des murs de la petite chambre, les choses risquaient de se corser. Car si elle avait vu juste et que l'œil faisait référence aux yeux de la gigantesque statue, cela signifiait qu'il leur faudrait grimper jusqu'à son sommet. Autant escalader une montagne !

La jeune fille pencha la tête en arrière, contemplant l'immense monument. Comment faire pour monter là-haut ? Et surtout, pour trouver quoi ?

4. Une ascension périlleuse

Hamilton fut le premier à sortir de l'aéroport de Volgograd, suivi par ses sœurs qui se battaient comme des chiffonnières. Les Holt avaient pris Dan et Amy en filature depuis Le Caire dans l'espoir de découvrir de nouvelles clés. À peine avaient-ils atterri qu'ils dégotèrent une vieille camionnette des années 1970 et réussirent à la faire démarrer en trifouillant les fils de contact. Ils n'avaient cependant aucune idée de la direction à prendre. Le Russe barbu, qui s'était précédemment occupé des deux Cahill, flaira aussitôt la bonne affaire et fondit sans attendre sur eux. Il ne mit d'ailleurs pas longtemps à faire le rapprochement avec les deux enfants. Dix minutes plus tard, les Holt savaient exactement où aller tandis que l'homme avait cent dollars de plus dans son porte-monnaie.

Les yeux rivés sur la statue de la Mère Patrie, Hamilton se dit qu'il avait enfin mis les pieds dans un pays étranger capable d'apprécier sa taille et sa force à leur juste valeur.

– Rassemblement ! beugla Eisenhower Holt, le chef de cette famille de géants en survêtements. Hamilton, prêt ?

Le plus grand et le plus costaud des trois enfants se planta à moins de dix centimètres de son père. Il le fixa droit dans les yeux en hurlant :

– AFFIRMATIF, CHEF !

– Fiston, tu as une haleine de cheval et tu postillonnes toujours autant. Tâche de régler ça !

Hamilton baissa la tête. Difficile de crier tous ces F sans asperger quelqu'un !

– Ça n'arrivera plus, CHEF !

Eisenhower acquiesça avec sévérité. Il poursuivit :

– Voici ta mission, elle est de la plus haute importance : découvre ce que mijotent ces crétins de Cahill, et reviens ici faire ton rapport. Traîne-les de force jusqu'à la camionnette s'il le faut. As-tu ta radio ?

Hamilton sortit de sa poche un talkie-walkie, enfonça le bouton d'appel et beugla :

– AFFIRMATIF, CHEF !

Eisenhower en fit autant avec le sien :

– VAS-Y, FISTON ! AU BOULOT !

Le jeune homme fonça droit sur la statue monumentale, fier de se retrouver au cœur de l'action. Il jeta un coup d'œil par-dessus son épaule. Ses petites sœurs, Reagan et Madison, étaient en train de fixer un traceur GPS sous le side-car avec du ruban adhésif. Pendant ce temps-là, Mary-Todd, leur mère, faisait le guet dans la camionnette, au cas où des équipes adverses arriveraient sur les lieux.

La dernière chose qu'il entendit fut son père ordonnant aux jumelles d'aller espionner un chariot ambulant plein de feuilletés à la viande.

Hamilton repéra rapidement Amy, qui rôdait près de la Mère Patrie. Elle faisait courir ses doigts sur les blocs de pierre de la statue, attentive à la moindre jointure.

« Qu'est-ce qu'elle fabrique, cette maigrichonne ? se demanda-t-il. Et où est passé son crétin de frangin ? »

En se décalant un peu, il aperçut le garçon, de l'autre côté du monument, qui venait vers lui. Avec Amy à dix mètres sur sa gauche et Dan à trois mètres sur sa droite, il ne savait lequel des deux attraper en premier. Il avait des sueurs froides à l'idée de décevoir une nouvelle fois son père.

– Hé, Hamilton ! fit Dan. T'as vu ma moto ? C'est autre chose que ton âne du Caire !

– C'était un scooter, imbécile ! Viens me le dire en face si tu l'oses !

Sur ce, il le vit faire un signe de main à sa sœur, comme s'il tournait une clé dans une serrure.

« Ils me prennent pour un abruti ou quoi ? », songea-t-il.

Il s'adressa à la jeune fille :

– Vous avez trouvé une clé, c'est ça ?

Au même moment, son talkie-walkie se mit à grésiller :

– Rapplique en vitesse ! ordonna Eisenhower. On a de la visite !

Hamilton, Amy et Dan pivotèrent comme un seul homme en direction du parking. Une limousine blanche extralongue venait de se garer. Décidément, Ian et Natalie Kabra avaient du mal à faire dans la discrétion. M. Holt se mit aussitôt à bombarder la voiture avec des feuilletés à la viande qu'il piochait dans un énorme sac, sans oublier d'en croquer une bouchée avant chaque lancer. De loin, on aurait dit qu'il dégoupillait des grenades pour les jeter sur un tank.

– Ton père est complètement maboul ! lâcha Dan en s'éloignant prudemment d'Hamilton.

Dans le même temps, il demanda à Amy de lui envoyer le presse-papiers en verre. Elle se baissa pour fouiller dans le sac à dos, mais le jeune colosse la rejoignit en quatre grandes enjambées et l'empêcha de se relever.

– Qu'est-ce qu'il y a dans ton sac ? Allez, crache le morceau !

Il était sur le point de le lui arracher des mains lorsqu'elle se redressa et hurla pour faire diversion :

– Les K-K-K-Kabra viennent vers nous !

Et elle ajouta en s'efforçant de contrôler sa diction :

– Vous avez trouvé combien de c-c-clés ?

– Un paquet ! répondit-il froidement. Je parie qu'on en a plus que vous, bande de losers !

– On en a dix, intervint Dan en le fixant droit dans les yeux. Et vous ?

Grace lui avait appris à bluffer aussi bien qu'un joueur de poker de Las Vegas. Amy sautillait sur place, prête à s'enfuir. Hamilton, lui, ne savait quoi penser.

– DIX ? Ça m'étonnerait ! s'exclama-t-il en pensant : « Papa va piquer une de ces crises s'il l'apprend ! »

Des policiers affluaient de partout, déterminés à arrêter la bagarre qui venait d'éclater sur le parking.

– Si tu le voulais, tu pourrais être un héros, affirma Amy pour l'amadouer. Tu ne tiens pas à rentrer bredouille, pas vrai ?

Ces paroles lui firent l'effet d'un coup de massue. Car ce qu'il voulait surtout éviter, c'était de décevoir son père.

– Qu'est-ce que tu mijotes ? demanda-t-il, méfiant.

Il vit les deux Cahill se regarder avec insistance, comme si chacun essayait de lire dans les pensées de l'autre.

Finalement, Dan hocha la tête :

– Il faut agir avant qu'il ne soit trop tard ! Par ici !

Et il les conduisit derrière la statue de la Mère Patrie dont le socle était aussi large qu'un immeuble. En chemin, Hamilton hésitait à leur casser la figure et à s'emparer du sac à dos.

« Du calme, se dit-il. Joue le jeu ! S'ils essaient de t'avoir, tu pourras toujours les assommer ! »

– Tu peux appeler ton père par radio ? réclama la jeune fille. Dis-lui que tu es sur le point de trouver ce que tu cherchais, et demande-lui de tenir les Kabra loin de nous.

Il lui jeta un regard inquisiteur, puis pressa le bouton d'appel :

– Ici Hamilton ! Mission presque accomplie ! Couvrez-moi !

– Reçu cinq sur cinq !

Il se tourna vers les deux Cahill :

– Maintenant, refilez-moi la marchandise !

Dan hésita une seconde avant de montrer du doigt l'un des blocs de pierre :

– J'ai découvert quelque chose juste avant que tu arrives.

Hamilton s'approcha et aperçut les lettres TSV gravées sur le socle, au-dessus d'un petit trou de serrure. En voyant cela, Amy brisa la boule sur le chemin caillouteux. Ce qui mit son frère hors de lui :

– Hé ! C'était à moi de le faire !

– Je l'ai ! s'écria-t-elle en exhibant la petite clé libérée de sa prison de verre.

Sous les yeux incrédules d'Hamilton, elle l'inséra dans la serrure. Dan poussa de toutes ses forces, mais la porte secrète ne bougea pas.

Le colosse le poussa sans ménagement :

– Écarte-toi, moustique !

Il jeta son énorme carcasse contre la paroi, qui céda facilement. Et ils se ruèrent tous les trois à l'intérieur.

– Ferme la porte derrière toi, Goliath ! ordonna le garçon.

Hamilton avait failli le faire tomber par terre. Il savait qu'il lui suffirait d'une pichenette pour l'écraser, si ça lui chantait.

– Tu n'as pas intérêt à faire le mariole ! menaça-t-il.

– T'inquiète. J'ai pigé.

Dan poussa un soupir de soulagement et fit le point sur ce qui l'entourait. L'intérieur de la Mère Patrie était de toute beauté : l'espace était creux jusqu'au sommet ; un réseau de poutres et de câbles de soutènement courait en son centre ; des rais de lumière filtraient par de minuscules fentes et faisaient ressortir chaque élément de la structure. Le garçon eut l'impression d'être entré dans le repaire secret d'une araignée géante.

– Où est Gandalf[1] ? Jamais là quand on a besoin de lui ! plaisanta-t-il.

– T'es vraiment un drôle de zigoto, lança Hamilton.

Amy les regarda tous les deux en fronçant les sourcils.

– Il faut grimper là-haut, jusqu'aux yeux.

Le gros costaud observa les poutres et trouva un moyen rapide d'y parvenir.

– C'est du gâteau !

Contrairement à Dan qui escaladait déjà une échelle de service pour atteindre le premier niveau, il choisit un chemin différent. Il alla directement au

---

1. Personnage du *Seigneur des anneaux*, de J. R. R. Tolkien (NDT).

centre de la structure, d'où une gigantesque poutre en acier dotée d'énormes rivets s'élançait vers le sommet.

– Rendez-vous là-haut, les losers !

Lorsque les deux Cahill touchèrent le dernier barreau de l'échelle, Hamilton était déjà très loin au-dessus d'eux, à peine visible dans la pénombre. Il grimpait à la poutre aussi rapidement qu'un bûcheron sur un séquoia.

– Il faut qu'on arrive les premiers ! s'écria Amy. Allez !

Du haut de l'échelle, son frère remarqua quelque chose d'intéressant. Les poutrelles transversales zigzaguaient jusqu'au sommet. Elles semblaient avoir été conçues pour servir de passerelles. Plates et larges d'environ trente centimètres, elles étaient surmontées d'un câble auquel on pouvait s'agripper. Par contre, il n'y avait pas de rampe.

– C'est un système de sécurité pour ceux qui ont besoin de travailler là-haut, devina-t-il. Ils doivent s'y accrocher avec un mousqueton.

– Sauf que nous, on n'en a pas ! rétorqua-t-elle, la peur au ventre.

Dan empoigna le câble et avança, d'abord lentement, puis de plus en plus vite à mesure qu'il prenait confiance. Arrivé au bout de la passerelle, sur la paroi d'en face, il avait gravi huit mètres. Il regarda derrière lui et s'aperçut qu'Amy n'avait pas bougé d'un pouce. Quant à Hamilton, il poursuivait son ascension, quinze mètres au-dessus de leur tête.

– Allez, Amy ! Tu peux le faire ! l'encouragea Dan.

Sa sœur respira un grand coup avant de poser le pied sur la poutrelle. Elle vacilla un peu, s'immobilisa, et s'agrippa plus fermement au câble.

– Continue ! J'y vais à mon rythme. Le plus important, c'est que tu sois en haut avant lui !

Il n'avait pas l'air convaincu.

– Avance ! hurla-t-elle.

Il obéit et s'élança tel un singe, bras et jambes parfaitement synchronisés. Il gagna rapidement huit mètres supplémentaires. Dès qu'il eut traversé, il fit volte-face et s'attaqua à la poutrelle suivante à un rythme encore plus soutenu. Cette ascension en zig-zag, douce et régulière, finit par lui donner l'avantage. En effet, il était bien plus facile de monter de cette façon que de grimper à la verticale, comme Hamilton. Finalement, au centre de la quatrième poutrelle, Dan le dépassa alors qu'il était pourtant beaucoup moins costaud que lui. Après avoir escaladé à pic près de trente mètres, le jeune colosse était à bout de souffle.

– Belle journée pour se balader, tu ne trouves pas ? l'interpella Dan.

Bien qu'épuisé, il était conscient que le chemin qui lui restait à parcourir serait *infiniment* moins ardu que celui choisi par son adversaire.

Soudain, la radio de ce dernier résonna bruyamment. C'était Eisenhower Holt qui criait quelque chose au sujet des Kabra. Il voulait aussi savoir pourquoi son fils avait disparu.

Dan n'était plus qu'à trois poutrelles de la tête monumentale lorsqu'il s'immobilisa pour voir où en était sa sœur. Mais il ne réussit pas à la repérer.

– Amy ! T'en es où ?

L'écho de sa voix retentit dans le vide, sans réponse.

– Amy ! Réponds-moi ! T'es encore loin ?

– Pas la peine de hurler ! Je suis juste en dessous de toi.

Un franc sourire illumina le visage de son frère. Incroyable ! Elle avait comblé son retard et ne se trouvait plus qu'à deux poutrelles de lui. Elle était même sur le point de dépasser Hamilton qui faisait une pause pour souffler un peu.

Celui-ci en avait visiblement assez d'escalader la poutre centrale. Ayant repéré que de fines tiges en acier d'à peine six mètres de long reliaient sa grosse poutre à la passerelle des Cahill, il en attrapa une à l'instant même où Amy passait près de lui. De sa radio s'échappaient les cris de son père brouillés par la friture.

– Dan, dépêche-toi ! cria-t-elle.

Hamilton avançait à la force des bras, sa grande carcasse suspendue à cinquante mètres au-dessus du vide. Il ne mit pas longtemps à atteindre la passerelle, et la première chose qu'il fit une fois dessus fut d'éteindre son talkie-walkie.

Dan comprit qu'il n'y avait pas une minute à perdre. Il parcourut comme une flèche la dernière poutrelle, à l'extrémité de laquelle était fixée une échelle conduisant directement à la tête de la Mère Patrie.

– J'y suis presque ! hurla-t-il, au comble de l'excitation.

En haut de l'échelle, il découvrit une grande plate-forme capable d'accueillir plusieurs personnes debout. La vue des deux gros rais de lumière qui filtraient par le trou des yeux le mit mal à l'aise. L'espace d'un instant, il eut la sensation d'être un intrus dans un véritable crâne humain.

Tout à coup, il s'immobilisa.

Un paquet cylindrique entouré d'une ficelle était dissimulé dans le renfoncement d'un œil. Il repéra trois lettres peintes au pochoir sur l'emballage : ST.P.

« Saint-Pétersbourg ! », comprit-il, avant de glisser l'objet en sécurité au fond de sa poche.

– J'arrive ! annonça Amy qui finissait de grimper à l'échelle.

Il l'aida à monter sur la plate-forme.

– On a combien de minutes d'avance sur lui ?

La jeune fille regarda en bas :

– Il progresse assez lentement. Je dirais… trois ou quatre.

– Parfait. J'ai un plan.

Il fallut finalement cinq bonnes minutes à Hamilton pour les rejoindre. Il s'effondra au milieu de la plate-forme en soufflant comme un bœuf, son T-shirt trempé de sueur.

– Hé ! On dirait un poisson hors de l'eau, se moqua Dan. Tiens, au fait…

Il fouilla dans son sac. Sous les barres chocolatées aplaties et les paquets de chips écrasés, il y avait plusieurs canettes de Coca-Cola. Il en sortit une, tira sur la languette et l'éclaboussa copieusement.

– Oups !

Mais le grand costaud s'en moquait éperdument. Il s'assit et vida d'un trait la canette avant de la balancer dans le vide. Ils écoutèrent le concert qu'elle fit tout au long de sa chute vertigineuse.

– On est super haut ! s'affola Amy, pâlissant à vue d'œil.

Elle venait seulement de réaliser qu'il lui faudrait redescendre par le même chemin.

Dan mit son plan à exécution.

– Je viens de trouver un indice. Et je l'ai décodé en un rien de temps !

Hamilton dressa l'oreille.

– Fais voir, dit-il en essuyant d'un revers de bras son front dégoulinant.

Le garçon sortit la feuille de parchemin sur laquelle figuraient les noms cryptés de tous les endroits à visiter. Il avait fait le calcul : ils n'auraient jamais le temps, en trente-six heures, de se rendre dans toutes les villes. D'autant qu'il ne leur restait plus que vingt-neuf heures. C'était dur à admettre, mais ils avaient besoin d'aide.

– OK, mais avant, tu dois nous révéler une clé, annonça Dan. C'est donnant, donnant !

– Qu'est-ce qui me prouve que je peux me fier à toi ? demanda Hamilton, sceptique.

– Fais-moi confiance !

– Facile à dire !

– Je te rappelle qu'on t'a fait entrer ici.

– Pff, vous n'aviez pas le choix.

Amy avait deviné ce que Dan manigançait.

– Alors ? s'impatienta-t-elle. Tu te décides, oui ou non ?

– Bon d'accord ! Je vais vous dévoiler une clé découverte par notre clan. Mais si jamais vous me roulez, je vous écrase comme des moucherons. Compris ?

Les deux enfants opinèrent de la tête.

– Eh ben… il s'agit du plomb.

– Du plomb ! répéta la jeune fille, un peu perplexe.

– Bon, à vous maintenant d'honorer votre part du contrat. C'est quoi cet indice ?

– Une liste de villes russes.

Sur ce, elle arracha le document des mains de son frère en prenant soin de ne pas le retourner, de sorte qu'il ne remarque ni la photo de leurs parents, ni le mot de NRR.

– Regarde, Dan a déjà tout décrypté.

Il examina le parchemin avec méfiance.

– Il y a un hic, précisa-t-elle. À nous deux, on ne pourra jamais aller partout. Et c'est pareil pour vous, les Holt. Alors, que dirais-tu si on se répartissait les endroits ? Vous suivez un parcours, nous un autre, et à la fin, on s'échange nos trouvailles ?

Hamilton se gratta la tête. Ses cheveux blonds pleins de gel étaient tout ébouriffés. De toute évidence, il se creusait les méninges. Ne sachant quoi penser, il regarda Amy avec des yeux de chien battu.

– Encore une fois, tu peux nous faire confiance, assura-t-elle. Tiens, comme preuve, on t'offre la prochaine ville où on était censés se rendre. Tu vois, juste là ?

Elle lui mit la feuille sous le nez.

– Notre piste nous conduit en Sibérie, à Omsk.

Et Dan d'ajouter :

– Au croisement YZ !

Ce qui ne voulait strictement rien dire, mais il trouvait que cela sonnait bien. Hamilton tomba dans le panneau et acquiesça. Dan songea qu'il aurait toujours le temps, plus tard, de lui donner de véritables instructions, quand il aurait examiné le trésor caché au fond de sa poche.

Amy reprit :

– Voilà ce qu'on va faire.

Elle lui dit de se rendre aux deux avant-postes sibériens pendant qu'elle et son frère se concentreraient sur les villes les plus proches, à savoir : Moscou, Iekaterinbourg et Saint-Pétersbourg. Ils échangèrent ensuite numéros de portable et e-mails.

– En se partageant les infos, on va mettre la pâtée à tous nos adversaires ! jubila faussement Dan.

– À condition qu'on ne se tue pas pendant la descente, fit remarquer Amy.

5. Un moine invincible

Réfugiés dans leur véhicule, Ian et Natalie Kabra attendaient le retour d'Hamilton Holt.

Ian et sa sœur avaient pris des centaines de limousines, mais c'était bien la première fois qu'ils s'y réfugiaient pour échapper à un bombardement de nourriture.

– Les Holt sont des sauvages ! dit-il avec dégoût, en tamponnant les taches de graisse sur son costume à cinq mille dollars.

Sa sœur s'en était mieux sortie que lui, se précipitant à l'intérieur de la voiture dès que le premier friand à la viande avait fusé. Il faut savoir qu'elle tenait plus que tout à son tailleur de créateur.

– Le voilà ! s'écria le jeune homme. Chauffeur, suivez cette poubelle.

Il pointait du doigt la fourgonnette blanche toute cabossée dans laquelle Hamilton venait de monter. Celle-ci démarra en pétaradant et quitta en trombe le parking.

Lorsqu'il avait annoncé, à un moment aussi crucial de la compétition, que sa sœur et lui devaient se rendre en Russie, Ian avait vu son père paniquer. Dès lors, il n'était pas question de courir le moindre risque.

Il composa un numéro sur son téléphone portable.

– Qu'est-ce que tu veux ? fit une voix à l'autre bout de la ligne.

C'était Irina Spasky, l'unique concurrente de nationalité russe. Comme Ian et Natalie, elle appartenait au clan des Lucian, mais à un échelon en dessous de leurs parents, ce qui la rendait folle.

– Comment avez-vous pu laisser tout le monde entrer dans votre pays ? s'indigna-t-il. Mon père est terriblement inquiet. Et moi aussi. Il va nous tuer si nos concurrents s'emparent d'une de nos clés.

– Ils ne trouveront rien ! Leur expédition en terre russe sera un fiasco !

Ian sourit d'un air moqueur, imaginant l'ex-espionne prise du tic qui lui faisait trembler la paupière dès qu'elle s'énervait.

– Je n'aime pas voir les autres équipes approcher de secrets aussi importants. C'est votre pays. Faites le nécessaire.

– Attention, la ligne n'est pas sécurisée !

– Suivez les Cahill. Je crois qu'ils ont flairé quelque chose. Nous, on s'occupe des Holt.

– J'ai compris. Vous jouez les baby-sitters pendant que moi, je me coltine le gros du travail !

Irina referma son portable, extrêmement contrariée. Elle voyageait à l'arrière d'une camionnette miteuse, celle-là même que Dan et Amy avaient prise à l'aéroport. Comme des centaines d'autres informateurs disséminés à travers le pays, le Russe barbu travaillait pour le compte des Lucian.

« Mais enfin, qui aide ces gamins ? », s'interrogeait-elle. Se pouvait-il qu'un agent double sévisse dans son clan ? L'idée lui avait jadis traversé l'esprit, mais depuis la mort de Grace, elle avait de plus en plus de soupçons. Il existait en Russie des secrets qu'il fallait protéger coûte que coûte. Or sans le savoir, Dan et sa sœur avaient mis les pieds dans le plat.

– Ils partent, avertit le chauffeur.

– Suivez-les !

Il se fondit dans la circulation, l'œil rivé sur le point lumineux qui clignotait sur son écran.

– Le môme se débrouille pas mal sur cette moto, déclara-t-il en s'esclaffant.

Mais Irina n'était pas d'humeur à plaisanter :

– Je ne vous paie pas pour faire la causette !

Il ne prononça plus un seul mot pendant tout le trajet. L'ex-espionne sentit sa paupière se remettre à palpiter, d'abord légèrement, puis de plus en plus violemment. Vingt minutes s'écoulèrent avant que le Russe n'ouvre de nouveau la bouche :

– Ils se sont arrêtés. On est près de la gare.

– Laissez-moi ici.

Elle lui lança une liasse de billets qui roula à ses pieds.

– Il se peut que j'aie encore besoin de vous, ajouta-t-elle en ouvrant la portière. Gardez votre téléphone à portée de main et ne quittez pas la ville.

L'homme hocha la tête, puis se pencha pour ramasser les billets. Lorsqu'il se redressa, Irina Spasky avait disparu.

– Tu es sûr qu'on va au bon endroit ? s'inquiéta Amy.

– Oui ! affirma Dan.

Elle soupira, ne comprenant toujours pas pourquoi il leur fallait monter à bord de ce train. Son frère avait tenu à garder secrète sa découverte jusqu'à ce qu'ils aient quitté Volgograd sains et saufs. D'ailleurs, il faisait attention à ce que personne ne les observe.

Elle avait hâte de savoir :

– Montre-moi ce que c'est. Arrête de faire le cachottier !

Le garçon sortit de sa poche l'objet qu'il avait trouvé à l'intérieur de la Mère Patrie. Il inspecta l'allée centrale du train, devant comme derrière, avant de le tendre discrètement à sa sœur.

– À toi l'honneur. Je suis trop fatigué pour le déballer.

Et il plongea sa main dans le sac à dos afin d'en extirper de quoi manger.

– Ton bouquin écrase mes provisions, râla-t-il en retirant le guide.

Il le posa entre eux et pencha la tête en arrière pour vider un paquet de chips en miettes dans sa bouche.

La jeune fille fit une moue dégoûtée, puis s'intéressa au mystérieux objet. Le cylindre était entouré d'une énorme quantité de ficelle, et elle mit un certain temps à l'extraire de son emballage. Il s'agissait d'une petite statue sculptée dans un matériau orangé, représentant un moine barbu, bras croisés, avec des yeux féroces.

Le visage d'Amy s'illumina.

– Je crois savoir qui c'est !

– On dirait le gars qui nous a déniché la moto ! décréta Dan en y jetant un coup d'œil.

Il fronça les sourcils :

– Ou alors c'est son frère !

Amy ne savait que faire de la précieuse statuette. Elle avait très envie de consulter le guide touristique, mais craignait que Dan ne fasse tomber la figurine.

Finalement, elle la lui confia.

– Prends-la, mais attention, c'est fragile.

– T'inquiète !

Il l'examina à la lumière.

– On voit presque à travers, constata-t-il, tandis que sa sœur feuilletait l'ouvrage avec empressement. Tiens… il y a quelque chose dedans.

– Quoi ? s'exclama-t-elle en voulant reprendre l'objet.

– Hé oh, fais gaffe ! C'est *fragile*, tu as oublié ?

– Qu'est-ce que tu as vu ?

– On dirait un rébus. Et je m'y connais ! Il y a un chou, plus deux lettres – un V et un A –, plus un cœur.

– Chouvacœur, conclut-il. Ça te parle ?

Amy secoua négativement la tête bien que le mot ne lui fût pas totalement inconnu. Elle réfléchit une minute. Mais comme rien ne lui venait à l'esprit, elle lui désigna la photographie qu'elle venait de retrouver dans le guide.

– C'est Raspoutine. J'en suis certaine.

Dan observa l'image en noir et blanc d'un homme au regard mauvais.

– Eh ben ! Il n'a pas l'air rigolo ! C'est qui ce Raspoutine ?

– Un moine pas comme les autres, qui vivait il y a plus d'un siècle. On raconte qu'il était pratiquement immortel ! Ça ne te rappelle pas la famille Cahill ? Nous aussi, on est invincibles, non ?

Le garçon écarquilla les yeux. Elle poursuivit :

– Raspoutine s'est débrouillé pour entrer dans le cercle restreint de la famille la plus puissante de Russie : les Romanov. C'est une dynastie royale...

– Encore une histoire de princesses !

– Pas du tout ! Écoute : il a réussi à convaincre la famille royale qu'il possédait des pouvoirs surnaturels de guérisseur. Et certains détails le prouvent, en effet.

– Génial !

– Il était particulièrement proche de l'héritier du trône, Alexis, et de sa sœur, Anastasia, une fille vraiment sensationnelle. Il faut savoir qu'Alexis était hémophile.

Dan eut un mouvement de recul.

– C'est ce truc-là qu'on attrape aux fesses ?

– Gros bêta ! Rien à voir avec les *hémorroïdes* ! Les hémophiles ont un problème sanguin. S'ils se coupent, même très légèrement, ils ne s'arrêtent plus de saigner. Alors, imagine, euh... imagine que tu tombes de ton skateboard et que tu t'écorches la peau du genou ; eh bien, tu te mets à saigner, saigner, saigner jusqu'à te vider de tout ton sang.

– Cool !

– Pas cool du tout ! Si Raspoutine n'avait pas été là, l'héritier serait mort avant ses dix ans. Mais comme beaucoup de nobles voyaient d'un mauvais œil le pouvoir qu'il détenait sur la famille royale, ils ont comploté pour l'assassiner.

– Ah ! Ça devient intéressant !

Amy relut rapidement la suite de l'histoire avant de la restituer avec ses propres mots :

– Le 16 décembre 1916, le prince Félix Ioussoupov invite Raspoutine à dîner. D'abord, il met du poison dans son vin et ses gâteaux, mais apparemment, ça ne lui fait ni chaud ni froid. Devinant qu'on essaie de le tuer, le moine s'enfuit. Et là, le prince Félix lui tire une balle dans le dos.

– Bye-bye, Raspoutine. Dommage ! Il commençait à me plaire, ce type-là !

– Attends ! Il n'est pas mort. Il continue d'avancer, monte l'escalier et quitte la maison. Dans la cour, les hommes du prince lui tirent encore dessus plusieurs fois. Il ne meurt toujours pas. Alors ils lui attachent les mains et les pieds, le fourrent dans un sac en toile puis le jettent dans la rivière gelée à travers un trou creusé dans la glace. Raspoutine finit par mourir noyé.

Une lueur brillait dans les yeux de la jeune fille. Elle chuchota :

– Il paraît qu'il avait les ongles complètement usés quand on l'a repêché. Il aurait essayé de s'échapper en griffant la toile, ne succombant qu'au bout d'une demi-heure !

– Waouh ! C'est la meilleure histoire que tu m'aies jamais racontée, s'émerveilla Dan. Peu importe si c'est une légende !

– Je suis convaincue que c'est la pure vérité. Même si certains historiens ont du mal à l'avaler, on doit y croire, nous plus que quiconque. Raspoutine était un Cahill ! Peut-être de la même branche que nous, qui sait ?!

Dan sourit, emballé.

– Tu veux insinuer qu'on serait des super-héros ?

– Pas si vite ! Il faut déjà qu'on sache où aller une fois à Saint-Pétersbourg.

Perdus dans leurs pensées, les enfants restèrent un moment silencieux. Bercés par le roulement continu du train et le cliquetis régulier des roues sur les rails, ils durent très vite lutter contre le sommeil. Dan avança une dernière idée avant de s'endormir :

– Et si on allait dans la maison où ils ont essayé de tuer le moine ?

Amy écarta cette hypothèse d'un revers de la main. Rien dans la figurine sculptée n'évoquait de près ou de loin le palais Ioussoupov. Elle réprima un bâillement et se remit à feuilleter son guide, espérant découvrir quelque chose en rapport avec un chou ou un cœur. Perplexe, elle caressa doucement le pendentif du collier de jade.

« Grace, qu'aurais-tu fait à ma place ? », s'interrogeat-elle. Une vague de découragement la submergea, ses yeux se remplirent de larmes. Elle regarda par la fenêtre et contempla le soleil couchant.

« Je n'y arriverai jamais », se dit-elle en relisant l'histoire de Raspoutine. Une larme coula de sa joue et vint s'écraser sur la page. Tandis qu'elle l'essuyait du doigt, la jeune fille tomba par hasard sur un mot qui l'interpella. Elle le tournait sans relâche dans sa tête quand soudain, elle comprit.

– J'ai trouvé ! J'ai trouvé !

Dan se réveilla en sursaut.

– Regarde ! fit-elle en désignant une photographie du palais Ioussoupov. Tu avais raison ! Avant d'être la propriété des Ioussoupov, il appartenait à quelqu'un d'autre. Et tu sais qui était l'ancien propriétaire ?

– Dis toujours…

– Le comte Piotr Shouvalov. CHOU-VA-LOVE, tu saisis ? Un chou, les lettres V et A, et le cœur, symbole de l'amour… en anglais : *love*. SHOUVALOV !

– Ça a l'air de coller, reconnut-il.

Deux secondes plus tard, il affichait un sourire radieux.

– Chouette alors ! Ça veut dire qu'on va sur la scène du crime !

Six rangées plus loin, Irina Spasky reposa le journal derrière lequel elle se cachait, et fronça les sourcils. Le visage dissimulé sous de grosses lunettes noires et un chapeau à larges bords, elle était passée à côté d'eux pour installer un micro sans fil. Ainsi chaque mot, chaque idée échangés entre Dan et Amy parvenaient distinctement à ses oreilles.

« Les jeunes Kabra sont fous à lier, mais les jeunes Cahill sont suicidaires, pensa-t-elle. Et maintenant, au lieu de chercher de nouvelles clés, je dois les suivre à travers la Russie pour protéger de vieux secrets ! »

Elle fit claquer sa langue de rage en se disant qu'elle détestait les enfants, mais ressentit aussitôt un pincement dans la poitrine, comme si son cœur refusait d'instinct une telle pensée. Il est vrai qu'il y avait longtemps de cela, très longtemps, elle avait beaucoup aimé un enfant.

6. Suivez le serpent

Après avoir dormi dans le train, Dan et Amy étaient en pleine forme lorsqu'ils posèrent le pied à Saint-Pétersbourg.

– Il faut qu'on aille par là, annonça la jeune fille.

Revigorés par l'air frais, ils se frayèrent un chemin sur le quai noir de monde.

Le palais Ioussoupov n'étant qu'à trois kilomètres de la gare centrale, ils avaient décidé de s'y rendre à pied plutôt que de se risquer à prendre encore un taxi.

– Les quais de la Moïka[1] sont truffés de palais, précisa-t-elle. Dont celui qu'on cherche.

– Tu devrais devenir guide touristique, déclara Dan. Vas-y, je te suis.

---

1. La Moïka est une petite rivière de Saint-Pétersbourg (NDT).

Dès qu'ils furent sortis de la gare, ils prirent la perspective Nevsky, une avenue à huit voies. Des bâtiments du XVIIe siècle aux couleurs pastel côtoyaient des magasins de construction récente, rivalisant de splendeur pour se tailler une place de choix dans la Russie prospère d'aujourd'hui.

– Dan, murmura Amy en le tirant par le bras. Je crois qu'on est suivis.

Il jeta un œil par-dessus son épaule.

– L'homme en noir !

Aucune erreur possible, c'était bien lui : costume et chapeau noirs ; visage sec et sombre ; démarche sinueuse.

Les enfants se mirent à slalomer entre les piétons, ce qui provoqua des remous dans la circulation. Car subitement, une camionnette coupa deux files et fonça dans leur direction. Ils coururent de plus belle, mais le véhicule les rattrapa. Il rasa le trottoir, dérapa, et une enveloppe voltigea par la vitre passager avant d'atterrir dans le caniveau.

Dan était hors de lui :

– Regarde où tu vas, chauffard !

De nombreux passants le dévisagèrent tandis que le véhicule repartait à toute vitesse. Il tourna au carrefour et disparut.

– L'homme en noir n'est plus là, constata Amy d'une voix tremblante.

Était-ce à cause de lui que la camionnette s'était précipitée sur eux ? Quoi qu'il en soit, l'homme s'était volatilisé aussi mystérieusement qu'il était apparu.

– On ne devrait pas rester plantés là, affirma le garçon. Ce type peut être n'importe où.

Amy hocha la tête, et ils repartirent d'un pas pressé. En chemin, il déchira l'enveloppe.

– Ça dit quoi ? demanda-t-elle.

Tout en écoutant son frère lire la lettre à voix haute, elle s'aperçut qu'il faisait de plus en plus sombre.

Le temps presse. Dépêchez-vous. Le Madrigal n'est pas le seul à vos trousses. Lorsque vos poursuivants se montreront, donnez-leur cette carte de façon à les lancer sur une fausse piste, et continuez votre route. Vous devez pénétrer dans le palais durant la nuit et trouver Raspoutine. Suivez le serpent orange. NRR.

– L'homme en noir est un *Madrigal* ! s'écria Dan. Tu te rends compte ? On est cuits, complètement cuits !

– Au moins, on a un nouveau message de NRR. Ce qui signifie qu'on a mis le doigt sur quelque chose… Si seulement on savait quoi !

Elle posa une main sur l'épaule de son frère :

– Je suis pour qu'on continue. Pas toi ? D'ailleurs, on n'a pas vraiment le choix !

– D'accord ! Admettons que l'homme en noir ait fichu le camp pour de vrai, même si ça m'étonnerait. Apparemment, ils sont plusieurs à nous suivre. Et je suis prêt à parier qu'ils veulent notre peau !

– Il y a des chances pour que ce soit une équipe adverse. Et NRR vient de nous donner de quoi les occuper.

– Peut-être qu'il veut nous isoler pour qu'on devienne une cible plus facile. Tu as pensé à ça ? Et si la photo de nos parents n'était qu'un piège ? On est seuls au monde ici !

Amy marqua une pause avant de répondre :

– Ça m'ennuie de te dire ça, mais on est seuls au monde depuis déjà un moment.

Le rappel de cette dure réalité plongea les deux orphelins dans un profond silence.

La jeune fille reprit le mot des mains de son frère. Au bas de la lettre était joint un plan détaillé de Saint-Pétersbourg sur lequel NRR avait tracé une ligne en pointillés. Celle-ci finissait au croisement de deux canaux, à l'autre bout de la ville. Elle détacha le plan.

– Tu vois ? Les pointillés sont censés conduire à un endroit important, mais c'est une fausse piste. Tout ce qu'on a à faire, c'est remettre cette carte à ceux qui nous poursuivent, et on en sera débarrassés.

Dan avait besoin d'un petit remontant. Il retira de sa poche un tube de Smarties qu'il engloutit un à un d'un air morose.

– Je crois avoir compris ce que NRR veut dire à propos de Raspoutine, déclara-t-elle. Il faut juste qu'on réussisse à entrer dans le palais.

Pour l'amadouer, elle précisa :

– À l'intérieur, il y a une reconstitution de l'assassinat.

– Je ne veux pas rater ça ! s'exclama-t-il, soudain enthousiaste à la pensée d'en apprendre davantage sur ce moine aux pouvoirs surnaturels.

– Super ! fit-elle avec un sourire satisfait. Maintenant, on n'a plus qu'à trouver le fameux serpent orange...

Il était vingt-trois heures lorsqu'ils arrivèrent à proximité du palais Ioussoupov. La rue était presque déserte. Quelques rares piétons flânaient çà et là, éblouis de temps à autre par les phares d'une voiture.

L'imposant bâtiment jaune et blanc de trois étages donnait sur les quais paisibles de la Moïka. Sa façade, avec ses trente fenêtres à chaque niveau, s'étirait, majestueuse, le long de la petite rivière. On y entrait par une immense porte flanquée de six hautes colonnes blanches.

– Je ne vois pas de serpent, s'écria Dan.

– Moi non plus !

Amy se mit à longer l'édifice tandis que son frère traversait la rue pour examiner de plus près l'étroit cours d'eau. Moins de vingt mètres le séparaient de l'autre berge, où maisons et immeubles étaient alignés dans une rue identique à celle où il se trouvait. Tout à coup, plongeant son regard dans l'eau noire, le garçon aperçut quelque chose.

– Amy !

Elle accourut :

– Tu l'as trouvé ?

– Oui, je crois.

Il pointait du doigt la rivière sur laquelle dansait un petit serpent orange foncé d'à peine trente centimètres de long. Dan comprit tout de suite qu'il s'agissait d'un rayon laser. Il suivit des yeux le faisceau lumineux, leva la tête, et découvrit qu'il prenait sa source sur le quai d'en face. Là, depuis l'une des fenêtres d'un haut bâtiment, une silhouette sombre le dirigeait sur l'eau.

– Il bouge ! s'exclama Amy.

En effet, lorsque Dan regarda de nouveau le reptile, celui-ci traversait la rivière en ondulant dans leur direction.

– Pas très rassurant ! fit-elle remarquer. Mais, au moins, c'est le genre d'indice que personne d'autre n'aura. Une fois le laser éteint, on sera les seuls à savoir comment entrer dans le palais.

Le serpent ayant atteint la berge, les deux enfants se penchèrent pour mieux voir : il était sorti de l'eau et remontait le long du muret. C'est alors qu'ils s'aperçurent que ce n'était pas un rayon laser ordinaire, mais un hologramme en 2D. Ce dernier traversa la rue pour apparaître aussitôt sur la façade du palais. Dans était excité :

– Il a des gadgets sympas, ce NRR !

Le reptile se déplaçait plus rapidement à présent. Il passa à toute allure devant la porte principale et rampa sur le mur jusqu'au deuxième étage. Il s'immobilisa sous une fenêtre, avant de se tortiller sur place.

Amy jeta un rapide coup d'œil à l'immeuble du quai d'en face. L'idée que quelqu'un était probablement en train de les observer à la jumelle la rendait nerveuse.

– Il nous indique la fenêtre par laquelle il faut qu'on entre, supposa Dan.

Or celle-ci se trouvait à plus de cinq mètres au-dessus de leur tête, et la façade était lisse comme du marbre.

– Même Spiderman serait incapable d'y grimper ! rouspéta-t-il.

Contre toute attente, une détonation retentit depuis l'autre rive, suivie par un bruit sec. Quelque chose venait de percuter le palais en faisant des étincelles, à l'endroit même où se trouvait l'hologramme.

Amy paniqua :

– Un coup de feu !

– Mais non ! Ça aurait fait beaucoup plus de bruit !

La seconde d'après, une corde se déroulait le long du mur et toucha le sol aux pieds des deux enfants.

– Sympa ! commenta Dan.

En apercevant un couple qui s'approchait d'eux, sa sœur s'écria :

– Attends ! Fais comme si de rien n'était.

Ils avancèrent vers les deux promeneurs et les saluèrent de la tête. Une fois le danger écarté, ils retournèrent sur leurs pas.

– Hé ! s'affola la jeune fille, les yeux rivés sur le torse de son frère.

– Quoi ?

– Le s-s-serpent… Il est sur ton cœur ! Il s'agite !

Dan baissa les yeux :

– T'inquiète ! Ça doit vouloir dire qu'il faut grimper tout de suite, que la voie est libre. D'où il est, NRR voit sûrement mieux que nous. Allons-y !

– Tu as raison. Mais je monte en premier.

Amy saisit la corde pour se hisser jusqu'à la fenêtre, qui s'ouvrit sans opposer de résistance, et se dépêcha d'entrer. Puis elle vérifia qu'il n'y avait aucun passant dans la rue.

– C'est bon, Dan, vas-y !

Le garçon monta à son tour. Mais alors qu'il approchait du but, elle aperçut des phares de voiture.

Elle l'attrapa par le col de son sweat-shirt et le tira à l'intérieur, si brusquement qu'il tomba lourdement sur le sol en marbre.

– Aïe !

– Chuuut ! Il y a peut-être un gardien dans le palais !

– Ce n'est pas ma faute si tu as failli me casser les jambes !

Il se releva en se frictionnant les genoux. Amy en profita pour chercher dans le guide le lieu exact de la salle dédiée à Raspoutine.

– Je vais avoir un sacré bleu, grommela Dan. Bon, on va où maintenant ?

– La galerie principale, dans l'aile est. C'est de ce côté.

Ils traversèrent des pièces sombres remplies d'œuvres d'art et de meubles de grande valeur.

– Ces nobles aimaient les belles choses, on dirait ! remarqua le garçon.

– Les Ioussoupov étaient connus pour leur bon goût. Ils dépensaient des millions en travaux de restauration et de décoration.

Alors qu'ils descendaient un large escalier recouvert d'un tapis de velours violet, Amy entendit un bruit sourd derrière eux.

– Je crois que quelqu'un nous a suivis. Vite !

Ils dévalèrent les marches avant de tourner brusquement à droite, passèrent sous un haut passage voûté et prirent à gauche dans un couloir bloqué par un cordon.

– C'est ici.

Et elle se glissa dessous, talonnée par son frère. Ils tournèrent encore à gauche, puis débouchèrent dans une salle mal éclairée.

Les deux enfants eurent l'impression d'être les témoins du crime, tant le décor de la pièce où Raspoutine fut assassiné avait été méticuleusement reconstitué. Outre les sculptures et les tableaux d'époque, deux alcôves avec des personnages de cire grandeur nature offraient un spectacle saisissant.

– Le voilà ! s'exclama-t-elle.

Derrière une cordelette dorée, Raspoutine, attablé, portait à sa bouche un gâteau empoisonné.

Peu rassurée, Amy s'avança vers le mannequin de cire.

– Je vais fouiller ses poches.

– Et moi, je cherche sous la table.

La jeune fille prit son courage à deux mains et se mit à examiner l'épais vêtement noir. Son visage n'était qu'à quelques centimètres de la tête du moine. Ce dernier, avec sa barbe touffue et ses yeux figés, regardait droit devant lui.

Tout à coup, une voix à l'accent russe retentit dans son dos :

– Vous avez commis une grave erreur en venant ici !

Dan voulut sortir de sous la table, mais se cogna le crâne. Les tasses et les soucoupes tintèrent dans le silence de la pièce.

– Venez par ici vous deux !

Il reconnut la voix.

– Irina ! Qu'est-ce que vous faites là ?

– Tu ne pensais tout de même pas que deux gamins réussiraient à me doubler dans mon propre pays !

Dan essaya de capter le regard de sa sœur afin de communiquer avec elle par la pensée. Mais celle-ci était terrorisée, et sa tentative échoua.

– Allez, montrez-moi ce que vous avez trouvé, je ne vous ferai aucun mal, affirma l'ex-espionne.

Le garçon ne lui faisait aucunement confiance.

– On préfère rester là où on est.

– Comme vous voudrez. Mais vous ne quitterez pas cette pièce tant que vous ne m'aurez pas donné ce que vous avez découvert.

Il se demanda ce qu'attendait Amy pour remettre à Irina la carte de NRR : « Mais qu'est-ce qu'elle fabrique ? »

– Qui vous aide ? hurla la Russe.

Elle jouait volontairement avec ses ongles pour les impressionner.

Dan tressaillit à l'idée du poison qu'ils contenaient.

– Personne ! répondit-il. On se débrouille très bien tout seuls. On est juste plus malins que vous !

– Tu crois que je n'ai pas vu le serpent ? Que je n'ai pas entendu ce que tu as dit dans le train de Volgograd ? Mon garçon, tu n'es pas aussi malin que tu le penses !

Il sursauta. Comment ça ? Elle les suivait depuis Volgograd ?

– N'allez pas imaginer que cet individu veut vraiment vous aider, poursuivit Irina. C'est un piège ! Si vous entrez dans son jeu, vous courez à la catastrophe. Cette personne vous tuera dès qu'elle n'aura plus besoin de vous !

« Comme vous, à Paris, quand vous avez essayé de nous liquider ? », songea Dan, tout en lorgnant un couteau à beurre posé sur la table, au cas où il en aurait besoin. Il eut un regret : « Ah ! Si seulement j'étais un maître ninja ! »

– Pour la dernière fois : qui vous aide ?

– Tenez ! s'écria Amy, émergeant enfin de sa torpeur. Et elle lui tendit la carte.

– On n'a même pas eu le temps de la lire. En échange, j'espère que vous nous direz de quoi il s'agit !

L'ex-espionne lui arracha la feuille des mains pour l'examiner attentivement. Puis elle poussa un sifflement strident.

– C'est pire que ce que je pensais ! Vous êtes en grand danger. Qui est derrière tout ça, bon sang ?!

Dan savait que ce serait une folie de lui faire confiance. Pourtant, l'espace d'une seconde, le regard d'Irina avait exprimé, une détresse tout à fait inhabituelle. Mais elle retrouva aussitôt son éternel sourire méprisant. Elle fit un pas vers eux d'un air menaçant, repliant les doigts pour faire briller les seringues cachées sous ses ongles.

– Il n'a pas dit son nom, répondit le garçon. On suit une piste, c'est tout. Pour continuer, on a besoin de savoir ce qui est écrit sur la carte. Dites-nous juste ça, et on s'en va !

Irina parut presque satisfaite.

– Coupez tout contact avec cet inconnu. Quittez la Russie et ne revenez plus jamais ! Et si vous ne me croyez pas, tant pis pour vous ! C'est votre vie qui est en jeu !

Elle rangea le document dans son manteau.

– Vous deux, en avant… et que ça saute !

Dan et Amy quittèrent la salle au pas de course, talonnés par Irina qui les guidait en hurlant. Devant la porte principale, elle pianota un code sur son téléphone portable avant de l'approcher d'une alarme électronique fixée au mur. Il y eut un déclic et l'énorme porte s'ouvrit. Ils sortirent dans la nuit.

Après un moment d'hésitation, elle se décida à leur confier :

– Certains seraient prêts à tuer pour protéger les secrets que révèle cette carte.

En s'éloignant, elle leur cria :

– Un jour, vous me remercierez !

Bouche bée, les enfants la suivirent un instant des yeux, conscients de l'avoir échappé belle. Puis ils se mirent à longer le canal d'un pas pressé, dans la direction opposée. Dès qu'il fut certain qu'Irina était loin, Dan prit sa sœur par le bras et lui demanda :

– Tu as trouvé ce que tu cherchais ?

Il retenait son souffle. Si elle n'avait rien découvert en fouillant le mannequin de Raspoutine, ils seraient dans l'impasse.

– Oui, mais ce n'est pas tout. Je crois savoir qui est NRR.

Elle fouilla dans sa poche pour en sortir un nouvel indice.

7. La vie de pacha

Amy n'avait rien contre un peu de luxe quand l'occasion s'en présentait, mais trop, c'était trop !

– Comment ai-je pu me laisser embarquer dans un endroit pareil ? se plaignit-elle en fixant le piano à queue qui trônait au milieu de leur suite.

Ils avaient couru le risque de héler un taxi, puis Dan avait tendu sa carte Visa Gold en déclarant :

– Conduisez-nous au meilleur hôtel de Saint-Peter !

Ils étaient descendus au Grand Hôtel Europe, l'un des plus beaux palaces de Russie. Pourtant, à peine entré dans leur chambre à deux mille dollars la nuit, le garçon estima qu'elle ne les valait pas.

– Quelle arnaque ! Soixante-huit mille roubles et même pas un flipper ?

Il courut d'une pièce à l'autre, sans remarquer le riche mobilier ni les toiles de valeur.

– Pas de home-cinéma ! Pas de distributeur de Coca !

– Il y a deux grands lits et le room-service est illimité, fit valoir Amy. Moi, ça me va tout à fait !

Sur ce, elle saisit le petit objet qu'elle avait découvert dans la poche de Raspoutine. Un jeton rectangulaire en bois peint sur lequel étaient gravés un blason et ces quelques mots :

DE CE QU'IL VOIT, NUL NE DOIT S'EFFRAYER

LES CRIMINELS NE SERONT PAS CHÂTIÉS

ICI

Elle fit immédiatement le rapprochement avec l'un de ses livres favoris : *Crime et châtiment* de Dostoïevski, un classique de la littérature russe. Elle adorait les gros livres aux histoires interminables, et celui-ci était un véritable pavé.

Ce fut Dan qui, avec ses yeux de lynx et son incroyable mémoire, reconnut ensuite le blason. Le guide sur la Russie consacrait tout un chapitre aux armoiries. Il l'identifia à juste titre comme étant celui de la ville d'Omsk, celle où les Holt, suivis à la trace par les Kabra, devaient justement se rendre. Amy sortit le portable de Nellie et, munie du chargeur, chercha une prise de courant. Il était temps d'appeler leur

jeune fille au pair. Depuis plusieurs heures, une culpabilité croissante lui serrait la gorge.

– Comment avons-nous pu la laisser sans nouvelles
pendant tout ce temps ? Elle doit bien se douter qu'on
n'est pas allés acheter des beignets. Elle est certainement folle d'inquiétude, tu ne crois pas ?

Amy réalisa subitement que son frère ne l'écoutait
pas. Il était penché au-dessus du téléphone, un énorme
menu russe-anglais déplié sur les genoux.

« Il ne pense qu'à manger ! », songea-t-elle. Elle
brancha le portable, et le petit écran s'anima peu à
peu.

– Vous n'avez pas non plus de sandwich au beurre
de cacahuètes et à la confiture ?! hurla Dan.

Elle l'entendit demander s'il y avait du soda à
l'orange, des cookies au chocolat, des beignets
d'oignon...

Elle l'interrompit :

– J'appelle Nellie, Tu veux lui parler ?

– Une minute !

Il raccrocha le combiné, attrapa son ordinateur et
le câble de branchement, puis alla s'asseoir en face de
sa sœur, à même la moquette.

– Avec tous ces beaux fauteuils, on ne trouve pas
mieux que de se mettre par terre ! s'écria-t-elle. On est
bizarres, non ?

– Faut croire qu'on n'est pas faits pour mener la
grande vie. Et c'est tant mieux ! Finir comme les
Cobra, non merci !

Malgré tout, il ne répugnait pas à faire chauffer sa
carte Gold.

– Dan, regarde. Nous avons des messages.

En effet, une petite icône verte clignotait sur l'écran. Amy appela le répondeur et activa le haut-parleur :

– *Vous avez sept nouveaux messages*, annonça une voix féminine.

La communication étant mauvaise, ils ne saisirent pas tout :

– *Les enfants, si vous… APPELEZ-MOI ! Vous en mettez du… trouver ces beignets. Le numéro de l'hôtel est…*

Il y avait tellement de friture que la suite était incompréhensible. La qualité des cinq suivants, tous de Nellie, était du même acabit. Et à chaque fois, on sentait une inquiétude grandissante dans sa voix.

– Elle va nous tuer, lâcha Dan.

– Tu m'étonnes !

Le dernier message, lui, n'était pas de Nellie.

– *Appel pour faire le point*, chuchotait un homme. *Attendons rapport de situation.*

Les enfants se regardèrent, interloqués.

– Tu sais qui c'est ? s'étonna Amy. Je n'ai jamais entendu cette voix.

Son frère secoua énergiquement la tête.

– Moi non plus.

Ils s'observèrent pendant une seconde, et Amy changea délibérément de sujet :

– J'espère que Nellie va bien. Elle doit se faire du souci.

– Saladin me manque.

– Envoyons-lui un e-mail, histoire de la rassurer. Je ne veux pas qu'elle continue à s'inquiéter pour nous.

Ils se connectèrent et découvrirent sur leur messagerie une multitude d'e-mails de leur jeune fille au pair. Elle avait pris soin de leur signaler que leur chat se portait à merveille, qu'il avait mangé du poisson tout frais acheté au marché du Caire et qu'il faisait de longues siestes dans la chambre d'hôtel.

– Tu vois ? Saladin est en pleine forme !

Amy écrivit un court texte :

Chère Nellie,
Nous avons dû suivre une piste, direction la Russie. Tout s'est passé très vite. Impossible de faire autrement. On se doute que tu ne peux pas nous rejoindre, mais nous reprenons l'avion demain matin, promis ! Surtout, ne t'inquiète pas pour nous : tout va bien !
On t'embrasse. Amy et Dan.

– Qu'est-ce que tu en dis ?

– Ça me paraît bien.

Amy cliqua sur la touche *ENVOYER*. Au moins, Nellie saurait qu'ils étaient en vie.

– On devrait peut-être écrire un e-mail à Hamilton ? suggéra Dan.

Elle l'avait presque oublié ! Hamilton Holt devait justement arriver en Sibérie au petit matin, par le

81

Transsibérien. Elle tapa le message tandis que Dan recherchait l'adresse e-mail du garçon.

Hamilton : à toi de jouer ! On a découvert un autre indice, et il conduit pile là où tu vas. Quand tu seras à Omsk, cherche la statue de Dostoïevski. C'est un écrivain russe célèbre. Tu ne devrais avoir aucun mal à la localiser. Ensuite, suis le regard de Dostoïevski, il doit nous indiquer la prochaine étape de l'enquête. On espère avoir un retour de ta part. Appelle-nous sur le portable quand tu auras trouvé.
Amy et Dan.

– Le téléphone ! s'écria Dan.

Le portable de Nellie vibrait doucement sur la moquette. Il examina l'écran :

– C'est sûrement elle. Elle devait attendre devant un ordinateur qu'on la contacte. Bonne nouvelle, non ?

Mais Amy n'était pas aussi enthousiaste. Exténuée, elle avait encore en tête le mystérieux message : *Appel pour faire le point. Attendons rapport de situation.*

– Laisse sonner, dit-elle. Il faut qu'on dorme.

Lorsque Dan se réveilla, sa sœur n'était plus là. Pris de panique, il la chercha dans toute la suite, jusqu'à ce qu'il tombe sur un mot scotché au pied de son lit :

Suis dans le hall de l'hôtel. Je cherche des vêtements neufs. Les nôtres sont trop sales. Je reviens tout de suite. Commande le petit-déjeuner, espèce de marmotte.

Il poussa un soupir de soulagement. Effectivement, il était neuf heures passées. Il fit un rapide calcul mental : à en croire NRR, « la chambre » se refermerait dans dix heures.

À l'instant où Amy revint, un sac de courses dans chaque main, Dan sortait de la salle de bains, enveloppé d'un nuage de vapeur. Il était vêtu d'un somptueux peignoir blanc et portait des chaussons.

– On devrait garder tout ça pour une fois, suggérat-il.

– Si seulement il restait de la place dans le sac à dos ! Tu veux bien regarder si Hamilton nous a répondu ?

– Parce qu'il sait écrire, tu crois ?

– N'exagère pas ! Il est moins bête qu'il en a l'air. Et puis, il travaille pour nous maintenant. Alors autant en profiter.

La jeune fille se dirigea vers le grand canapé et y déversa le contenu des deux sacs : sous-vêtements, jeans, T-shirts, chemises.

– Ils ont de jolies boutiques. J'ai tout mis sur la note de la chambre.

Puis elle ajouta en souriant :

– Je commence à piger le truc !

Ils filèrent dans leur chambre et s'habillèrent en vitesse. Quelques minutes plus tard, un groom leur apporta le petit-déjeuner.

– Apporte l'ordinateur, dit Dan. On va regarder ça en mangeant.

Ils se mirent alors à table. Ils dévorèrent des tonnes de crêpes fumantes et burent plusieurs tasses de chocolat chaud, conscients de la chance qu'ils avaient. Bien reposés, habillés de neuf, bientôt rassasiés, les enfants étaient fin prêts à affronter les dix prochaines heures. En lisant les e-mails, Dan pouffa de rire et recracha un morceau de crêpe qui atterrit dans l'assiette de sa sœur.

– Beurk ! Tu es répugnant.

D'une pichenette, elle l'envoya sur la table. Puis elle demanda à son frère ce qu'il y avait de si drôle.

– Hamilton nous a envoyé une photo.

Il tourna l'ordinateur pour lui montrer l'écran. Les Holt se tenaient au grand complet devant la gare d'Omsk, emmitouflés dans d'énormes doudounes, le sourire jusqu'aux oreilles. On aurait dit une équipe de sportifs géants, parés pour dévaler les pistes de ski. Sauf que le soleil brillait et que tout le monde autour d'eux était en pull léger. Sous le cliché, Hamilton écrivait ceci :

Ma mère a voulu qu'on mette ces fringues idiotes pour faire une photo de famille. Elle a dit que ça ferait une carte de vœux parfaite. Mais comme il fait plutôt doux en Sibérie en ce moment, on a dû enlever nos anoraks. Papa est parti acheter des friands à la viande, maman et les jumelles sont aux toilettes. Je suis dans un cybercafé. Je viens tout juste de réussir à connecter mon ordinateur portable : ça ne marche pas terrible dans le coin (la toundra, ça craint !). J'ai quand même reçu votre e-mail. Je n'ai pas eu de mal à obtenir des infos sur la statue de votre fameux Dostrovinsky. Un nom pareil, ça ne s'invente pas ! Un gars du café m'a expliqué où la trouver. Et j'ai du bol : elle est juste au coin de la rue ! Je sors voir ce que l'écrivain regarde *et je vous recontacte dans la foulée. Ici, mon téléphone portable capte hyper mal. Dès que je serai dehors, à l'air libre, je devrais avoir du réseau. Bon, j'y vais. Signé : Hammer.*

– Hammer ? s'exclama Dan. Il délire ou quoi ?

– C'est sûrement son surnom.

Le garçon enfourna une autre crêpe, s'immobilisa, fourchette en l'air, et hurla :

– Attention, chers adversaires ! Mike Hammer est sur le coup !

Ils riaient aux éclats lorsque le téléphone de Nellie se mit de nouveau à vibrer.

– On devrait peut-être répondre cette fois-ci, suggéra-t-il en retrouvant son sérieux.

Numéro masqué. Elle décrocha :

– Allô ?

– Amy ? C'est toi ? fit Nellie, folle de joie.

– C'est moi, tout va bien !

– Et Dan, il est avec toi ? IL EST SAIN ET SAUF ?

– Ça roule pour lui, sauf qu'il va finir par éclater s'il continue de se gaver de crêpes.

– J'étais MORTE d'inquiétude. Et Saladin qui n'arrête pas de miauler ! Vous lui manquez, les enfants… En Russie ! TU TE RENDS COMPTE ?! Comment as-tu PU me faire une chose pareille ?

– Comment va Saladin ? voulut savoir Dan.

Elle dressa un pouce en guise de réponse tandis que Nellie continuait de fulminer au téléphone :

– Mais qu'est-ce qui vous a pris à tous les deux ! NE BOUGEZ PAS jusqu'à ce que j'arrive. J'ai un billet d'avion pour Moscou. Vous êtes où exactement ?

Amy prit un instant pour réfléchir avant de répondre. Il fallait au moins une nuit de train pour faire Moscou-Saint-Pétersbourg... Ils ne pouvaient pas l'attendre !

– Nellie, on est à Saint-Pétersbourg, mais on n'a pas beaucoup de temps. On ne peut pas prendre le risque de perdre une journée.

Au même moment, elle s'aperçut qu'Hamilton cherchait à les joindre.

– Écoute, Nellie, je dois te laisser, j'ai un double appel. Viens à Moscou. On te fait signe dès qu'on le peut.

– C'EST HORS DE QUESTION ! Restez là où vous ê...

Amy lui raccrocha au nez pour répondre à Hamilton. Ce dernier hurlait si fort que Dan l'entendait.

– Ça y est ! Je sais ce que le type regarde !

– Bon boulot, Hamilton. De quoi s'agit-il ?

– Papa ! Je suis en train de téléphoner !

Eisenhower Holt essayait, semble-t-il, de s'emparer du portable. Amy entendit Mary-Todd crier au loin :

– Hé ! Lâchez cet anorak !

Reagan et Madison braillèrent quelque chose.

– La statue regarde par terre ! annonça enfin Hamilton. Le sol est en brique. Il y en a une avec quelque chose écrit dessus...

– Quoi donc ? s'impatienta Amy.

– *Salle de jeux d'Alexis*. Je vois aussi un petit symbole... on dirait une pierre précieuse à six facettes.

– Tu n'as rien dit aux Kabra, hein ?

– Moi, parler à ces losers ? Jamais de la vie !

– Eh bien, bravo ! Tu as réussi ! Euh... attends nos prochaines instructions.

– Tiens, papa... Hé, papa ! TOUT est réglé. Hammer Holt, mission accomplie !

Et il raccrocha.

Amy s'empressa d'aller chercher le guide touristique.

– Ça confirme ce que je pensais, déclara-t-elle en tournant rapidement les pages.

Soudain, elle regarda son frère avec des yeux pétillants :

– Prends le sac à dos. On va visiter le village des tsars !

8. Les derniers Romanov

Amy Cahill avait été trompée, mise sur écoute et trahie bien trop souvent. Elle n'avait plus très envie de prendre un taxi.

– J'ai une meilleure idée, déclara Dan.

Il mit sa barbiche de beatnik, puis marcha d'un pas assuré jusqu'à la banque de l'hôtel où il présenta son passeport et sa carte bancaire avec un sourire radieux.

– J'ai besoin d'espèces. Vous pigez ?

Amy écarquilla les yeux. Dan pensait-il vraiment pouvoir obtenir de l'argent liquide en parlant ainsi ?

– Nous prenons une commission de mille roubles sur les cartes américaines, annonça l'homme au guichet.

Après la note d'hôtel astronomique qu'ils venaient de régler, Amy trouvait que ça commençait à faire beaucoup, même si cet argent n'était pas le leur.

– Parfait, répondit Dan. Il m'en faudrait cent mille si cette carte le permet. Ah ! Pendant que vous y êtes, prenez-en mille de plus pour vous, comme pourboire.

Et il pouffa de rire, comme s'il se moquait éperdument de dépenser autant. Sa sœur, elle, faisait la grimace.

– Bien ! fit le guichetier, soudain beaucoup plus chaleureux. Aucun problème ! Vous avez déjà tiré l'équivalent de six mille dollars. Il vous en reste quarante-quatre mille sur le compte.

– QUARANTE-QUATRE MILLE ! s'exclama Dan, estomaqué.

Il demanda cent mille roubles supplémentaires, au cas où.

L'homme compta les billets un à un. La liasse, d'un montant avoisinant les sept mille cinq cents dollars américains, était si haute qu'elle vacilla dangereusement lorsque arriva le dernier billet. Dan, les yeux exorbités, le lui offrit de peur qu'elle ne s'effondre.

– Merci infiniment ! Monsieur est très généreux. Je vous souhaite une bonne journée, à vous et à votre jeune amie.

Amy comprit que son frère, ainsi déguisé, devait certainement paraître beaucoup plus âgé qu'elle.

– Je ne suis pas *plus jeune* que lui ! lâcha-t-elle, vexée.

Dan se pencha vers le Russe, un petit sourire moqueur aux lèvres.

– Ah, les petites sœurs ! Elles sont tellement susceptibles ! La mienne est insupportable !

– Continue comme ça, et je t'arrache ta fausse moustache, espèce d'abruti ! lui glissa-t-elle à l'oreille.

Dès qu'ils furent dehors, elle explosa :

– Bon sang ! Qu'est-ce qu'on va faire de tout cet argent ?

– J'ai un plan.

– Un *plan* ? Je crois plutôt que c'est cette carte bancaire qui te monte à la tête !

Le fait d'avoir une telle somme sur eux la rendait nerveuse.

– Regarde ! s'écria Dan. C'est pile-poil ce qu'il nous faut !

Il désignait un homme d'une cinquantaine d'années sortant d'une minuscule voiture, la plus petite qu'Amy eût jamais vue. À vrai dire, il s'agissait d'un buggy de couleur bleue, la couleur préférée du garçon.

– Allez viens, ça va être génial.

– Tu es encore plus idiot que je ne pensais, grogna-t-elle. Et je pèse mes mots ! Tu as oublié que tu ne sais pas conduire ?

Dan traversa la rue à toutes jambes et alla saluer le monsieur, qui était chauve comme un œuf. Il avait l'air d'être en retard à un rendez-vous important.

– Combien pour la voiture ? Je paie cash.

L'homme le dévisagea en riant aux éclats.

– Idiots d'Américains ! Rentrez chez vous !

– Vous voyez ce sac à dos ? insista Dan. Il est rempli de billets ! Je ne blague pas !

L'homme hésita, soudain tenté par la proposition.

– Combien dans le sac ? Tom Pouce n'est pas donné !

– Tom Pouce ? interrogea Amy qui les avait rejoints. Dan, attends une sec...

– Laisse-moi faire !

Et d'ajouter à l'attention du Russe :

– Je vous en offre, euh, voyons... vingt mille roubles, ça vous va ?

La jeune fille s'étrangla. La somme lui paraissait astronomique.

– Trente ! exigea l'homme qui tripotait sa cravate tachée en regardant le garçon du coin de l'œil.

Celui-ci sortit les billets et les lui tendit :

– Marché conclu !

Le Russe empocha l'argent et lui sourit :

– Vous savez conduire ce genre de voiture ? Je vous montre ?

– D'accord !

Heureux comme un prince avec ses trente mille roubles en poche, il leur fit faire un tour de cinq minutes à bord de Tom Pouce. Le véhicule n'était pas plus grand qu'un frigidaire et n'avait que deux vitesses : lent et rapide.

– Laissez le levier en haut jusqu'à quarante kilomètres à l'heure, expliqua-t-il. Ensuite, baissez-le en appuyant fort, comme ça...

Et il empoigna le levier de vitesses qu'il abaissa brutalement.

– Euh…. comment vous dites… Embroyage ?

– Mais non ! *Embrayage !* rectifia Amy d'un ton sec.

– Ta petite sœur n'est pas très sympathique ! dit le Russe, vexé.

– Et comment ! renchérit Dan en grattant sa fausse barbe.

L'homme indiqua ensuite les pédales à ses pieds :

– Celle-ci pour freiner et celle-là pour accélérer. Facile !

– Ça a l'air ! s'enthousiasma le garçon.

Amy n'en revenait toujours pas : « On vient d'acheter un buggy au prix d'une vraie voiture ! »

– Je suis en retard, expliqua l'homme en tapotant sa poche comme pour s'assurer que l'argent y était toujours. Attention ! Tom Pouce est plus rapide qu'on ne croit. *Da svidanya*[1] !

– En voiture, sœurette ! fit Dan.

Elle serra les dents. Elle détestait quand il l'appelait « sœurette ».

– On est riches et on a notre propre voiture ! s'écria-t-il, fou de joie. Je suis super génial !

– Je dirais plutôt : super *stupide* !

– Pas si stupide que ça ! répondit-il du tac au tac. Je te rappelle que chaque fois qu'on utilise sa carte de crédit, NRR peut nous suivre à la trace. Mais maintenant, on a du liquide et une voiture cool rien

_____

1. « Au revoir », en russe (NDT).

que pour nous ! On est indétectables, comme des hors-la-loi en cavale !

Même s'il n'avait pas tort, il était hors de question qu'elle le laisse, à onze ans, conduire cet engin.

– Pousse-toi de là, monsieur le millionnaire ! ordonna-t-elle. J'ai déjà pris des leçons de conduite accompagnée. J'ai plus de chances d'y arriver.

Dan protesta tant et si bien qu'il en fit tomber sa moustache. Amy demeura inflexible. Mais dès qu'elle fut assise à la place du conducteur, elle sentit son estomac se nouer.

Il fit une autre tentative :

– T'es sûre de toi ? J'ai déjà conduit la moto. J'ai l'habitude des routes russes. Tu devrais peut-être laisser faire l'expert…

– Tais-toi ! Tu m'empêches de me concentrer !

– Mon œil, oui ! Tu as les chocottes de conduire !

Piquée au vif, Amy prit son courage à deux mains et tourna la clé. Le pot d'échappement cracha un nuage de fumée tandis que le moteur rugissait, comme s'il n'attendait qu'un signal pour démarrer en trombe.

Elle prit une profonde inspiration :

– OK ! Attache ta ceinture.

Elle boucla la sienne et enfonça la pédale de l'accélérateur et cria :

– C'est parti !

Le véhicule fit un bond en avant, puis se mit à rouler près du bord de la route à cinq kilomètres à l'heure. Une fois en confiance, Amy atteignit rapidement les trente kilomètres à l'heure.

– Finalement, il est pas mal, mon Tom Pouce, pas vrai ? Allez… quoi ! Laisse-moi le volant. S'il te plaît !

– Tu meurs de jalousie, ça se voit… *frérot* ! Contente-toi de m'indiquer le chemin.

Dan ronchonna un peu, mais finit par consulter le plan écorné de Saint-Pétersbourg dans le guide touristique. Un sourire se dessinait sur les lèvres de sa sœur. Lorsque le compteur afficha 40, elle abaissa brutalement le levier de vitesses, et le buggy s'emballa en rugissant.

– Oh là là ! s'écria-t-elle. On se croirait en plein rodéo !

Alors que la voiture avançait par saccades, la jeune fille cherchait la pédale de frein.

– Amy ! Tu as vu le poteau télégraphique, hein ? AMY !

Elle donna un grand coup de volant à gauche, évitant de justesse le trottoir.

– D-d-du calme, Tom !

Ayant enfin trouvé la pédale, elle appuya dessus plusieurs fois de suite, tout en douceur, et reprit peu à peu le contrôle du véhicule.

– Je crois que je commence à maîtriser, déclara-t-elle, satisfaite.

Elle jeta un coup d'œil à son frère. Il avait l'air aussi malheureux que la fois où tante Béatrice lui avait confisqué son nunchaku.

– On va où ? demanda-t-il sèchement.

– À Tsarskoïe Selo, le village des tsars. C'est là-bas que les Romanov passaient leurs vacances.

– Et pourquoi on s'intéresse encore aux Romanov ?

– C'était la dernière famille royale de Russie, celle sur laquelle Raspoutine avait tant d'emprise.

Ils roulaient paisiblement sur une autoroute, à près de soixante-cinq kilomètres à l'heure. Et tandis qu'ils se dirigeaient vers le village en question, elle lui raconta l'histoire de cette famille.

Après le renversement de la monarchie, les Romanov avaient été exilés et assignés à résidence à Tsarskoïe Selo. Amy s'intéressait plus particulièrement à la grande-duchesse Anastasia. Tout ce qu'elle avait lu à son sujet lui semblait extraordinaire. La fillette, d'une rare beauté, n'avait pas été élevée comme une princesse. Elle était très espiègle, toujours prête à jouer des tours à ses professeurs et à ses camarades.

– Elle grimpait aux grands arbres mieux que quiconque, expliqua-t-elle. Et apparemment, il était très difficile de l'en faire redescendre.

– C'est le genre de filles que j'aime bien !

– Sauf qu'elle a eu une mort atroce. Elle a été assassinée, ainsi que tous les membres de sa famille : son frère Alexis, ses trois sœurs et ses parents. On les a fusillés la nuit du 16 juillet 1918[1]. Pourtant, un doute demeure au sujet d'Anastasia. Beaucoup de gens pensent qu'elle aurait survécu au carnage. Et je crois que tout ça a un rapport avec notre enquête.

– Elle est morte quand, alors ?

– Mystère ! Certains disent que, des années plus tard, quand ils ont fouillé les tombes, son corps avait disparu. À mon avis, Raspoutine a dû essayer de sauver Alexis et Anastasia. Peut-être qu'il leur a donné ce je-ne-sais-quoi qui l'avait rendu lui-même quasiment immortel. Il s'est occupé d'Alexis, pour le guérir de sa maladie, puis de sa sœur, afin qu'elle survive au peloton d'exécution. Si ça se trouve, ils n'ont pas pu la tuer, tout simplement !

Dan se taisait, comme perdu dans ses pensées. Amy en déduisit qu'il devait être en train de rêver à des histoires de super-héros.

« Superdan ! Il ne manquerait plus que ça ! », songea-t-elle.

Ils continuèrent à rouler en silence alors que la ville avait laissé place à la campagne. Un paysage vallonné bordait à présent chaque côté de la route. Ils baissèrent leur vitre pour respirer un peu d'air frais.

– Le village a été l'un des derniers endroits où les enfants Romanov ont pu s'amuser, reprit Amy. La

1. Après la révolution russe de février 1917, les bolcheviques, dirigés par Lénine, prennent le pouvoir et mettent fin à la monarchie. L'année d'après, ils assassinent la famille royale (NDT).

pièce du palais qu'ils préféraient était la salle de jeux d'Alexis. Je vais te faire une confidence : peu de temps avant le massacre, Anastasia et ses sœurs ont cousu leurs plus précieux bijoux dans les ourlets de leurs vêtements, pour que personne ne mette la main dessus.

– Comment tu sais ça ? demanda Dan en adressant à sa sœur un regard sceptique. Ne me dis pas qu'il y a un chapitre sur les bijoux disparus dans le guide !

– Wikipédia ! Je m'y suis connectée cette nuit pendant que tu dormais. Près de la statue de Dostoïevski, Hamilton nous a dit avoir vu une brique avec dessus un bijou et l'inscription « Salle de jeux d'Alexis ». Il faut donc aller là-bas et chercher des vêtements d'époque.

Le village royal en vue, Amy appuya sur la pédale de frein. Tom Pouce crachota et se mit à rouler à une allure d'escargot.

Ils se garèrent dans un parking, puis marchèrent sur une longue avenue bordée de jardins et de bâtiments somptueux. Des gerbes d'eau jaillissaient de grandioses fontaines blanches. Des pelouses fraîchement tondues s'étendaient à perte de vue.

– Pas mal d'être exilé ici, fit remarquer Dan. Rien à voir avec une cellule de prison !

– Ça, tu l'as dit !

C'était encore plus impressionnant qu'elle ne l'avait imaginé. Elle avait vu quelques photos, mais aucune ne restituait à leur juste valeur l'immensité des pelouses et la splendeur des édifices.

– Voici le palais Catherine, annonça-t-elle en pointant du doigt un bâtiment d'une longueur spectaculaire.

– Les Russes aiment tout ce qui est grand !

L'édifice ressemblait à une gigantesque maison de poupées. De couleur bleu clair avec des rehauts de blanc et des moulures dorées, il faisait environ quinze mètres de haut pour trois cents de long.

La jeune fille désigna l'enfilade de jardins, au centre du village :

– C'est là-bas que nous allons. Au palais Alexandre !

Celui-ci était très différent du précédent. Une colonnade en pierre blanche ornait une interminable façade jaune pâle en forme de fer à cheval. Derrière une voie carrossable circulaire s'étendait une vaste pelouse verte dotée d'un bassin aux eaux miroitantes.

– J'espère que tu sais où tu vas, s'inquiéta Dan. On va mettre un temps fou à trouver la bonne salle.

– J'ai tout prévu, le rassura-t-elle.

Elle sortit les notes qu'elle avait griffonnées sur le papier à lettres de l'hôtel.

– J'ai consulté un blog touristique. La salle de jeux d'Alexis est située au premier étage de l'aile réservée aux enfants. Il faut passer la chambre Pourpre, prendre la galerie des Marbres, puis celle des Portraits...

Elle continua sa laborieuse énumération jusqu'à la porte du palais. En entrant, ils aperçurent un gardien qui hocha la tête en leur souriant.

Dan n'y alla pas par quatre chemins :

– La salle de jeux ?

– Certainement, répondit l'homme en indiquant un large escalier derrière lui. Montez, c'est au fond du couloir, à gauche.

La jeune fille rangea ses notes et jeta un regard mauvais à son frère.

– Arrête de faire l'intéressant !

Quelques minutes plus tard, ils découvraient la pièce la plus fantastique qu'ils aient jamais vue.

– Il avait la belle vie, cet Alexis ! lança le garçon. Je pourrais passer des heures ici. Je n'en sortirais que pour manger et aller aux toilettes.

La vaste salle était remplie de jouets faits main de toutes sortes : un tipi miniature et deux canoës pour enfants ; un train électrique très élaboré avec une multitude de voies ferrées ; un chien de berger géant en peluche ; des voiliers ; des jeux de construction ; des avions et des planeurs suspendus au plafond ; des maisons miniatures alignées sur toute la longueur d'un mur.

– Je ne vois pas de vêtements, et toi ? remarqua Amy.

Un étroit tapis rouge permettait aux visiteurs d'évoluer au centre de la pièce.

– Viens, fit Dan. On va s'approcher.

– Où sont vos parents ? demanda quelqu'un dans leur dos.

Ce qui fit sursauter Amy, déjà très nerveuse. Elle se retourna : le gardien russe les avait suivis.

– Les visites sont interdites aux enfants non accompagnés. Ils touchent à tout !

La jeune fille regretta que son frère n'ait pas gardé sa moustache, et elle sa perruque. Ils auraient pu passer pour des adultes.

Dan lui lança un clin d'œil avant de geindre.

– Ces vacances sont nulles ! Tellement baaaarbantes ! Et maintenant qu'on a enfin la chance de voir quelque chose de génial, on n'a même pas le droit d'entrer !

Amy comprit tout de suite ce qu'il cherchait à faire. Elle enchaîna aussitôt :

– Nos parents sont au palais Catherine, en train d'admirer des tableaux. Pouah !

– Mes enfants aussi aiment cette salle, fit le Russe, soudain compréhensif.

– Vous pouvez nous accompagner à l'intérieur ? supplia Dan.

L'homme se retourna pour scruter le couloir. Il était encore tôt, et les visiteurs peu nombreux.

– C'est d'accord ! Mais les mains dans les poches, s'il vous plaît ! Et ne touchez à rien !

Ils obéirent et lui emboîtèrent le pas. Alors qu'il leur montrait les voiliers, deux petits Anglais surexcités apparurent à l'entrée.

– Maman ! Regarde tous les jouets !

Et ils se précipitèrent vers le tipi.

– Stop ! Stop ! protesta le gardien. Restez sur le tapis rouge !

Les parents tentèrent d'intervenir, mais les deux enfants couraient à toute vitesse d'un jouet à l'autre.

« C'est maintenant ou jamais ! », se dit Amy qui venait de repérer un grand placard.

Profitant de la pagaille, elle s'éclipsa pendant que Dan s'efforçait de faire diversion. Sans que le Russe s'en aperçoive, elle se glissa dans la penderie puis referma soigneusement derrière elle.

Il faisait sombre à l'intérieur. Seul un rai de lumière filtrait sous la porte. Amy tâtonna dans le noir et découvrit des vêtements suspendus à des cintres.

« Pourvu que ce soient des habits d'époque ! »

Elle palpa du bout des doigts les soies et les dentelles, à la recherche d'un éventuel bijou dissimulé dans les coutures. En fouillant dans une poche, elle sentit quelque chose de dur. L'objet était rond, petit et ferme. Lorsqu'elle le sortit pour l'examiner de plus près, une odeur âcre lui piqua les narines : une boule de naphtaline !

– Beurk ! pesta-t-elle avant de replacer la boulette blanche là où elle l'avait trouvée.

Elle eut beau vérifier toutes les poches, elle tombait chaque fois sur de la naphtaline ou de petits tas de fibres.

Soudain, elle entendit la voix étouffée du gardien :

– Où est ta sœur ?

– Elle est repartie, mentit Dan. Je vais la rejoindre.

Désormais habituée à l'obscurité, la jeune fille reprit son inspection, pressant méticuleusement entre ses doigts le moindre morceau de tissu.

Tout au fond, elle repéra une robe d'enfant dont elle tâta l'ourlet. Elle découvrit une bourse.

« Qu'est-ce que c'est que ça ? »

Au même moment, quelqu'un tourna la poignée et ouvrit la porte. Dissimulée derrière une forêt de manteaux et de robes, la jeune fille retint son souffle, immobile. Elle reconnut la silhouette du Russe.

– Je peux m'approcher du petit train ? Je suis fan !

C'était Dan, revenu dans la salle de jeux juste à temps.

– Oui, oui, répondit l'homme. Mais pas longtemps. J'ai beaucoup de travail avec ces petits démons ! Il faudrait les tenir en laisse !

Il referma, et Amy poussa un soupir de soulagement. Elle déchira l'ourlet, un peu honteuse de devoir abîmer une robe aussi précieuse. Elle se souvenait l'avoir vue en photo, portée par la grande-duchesse Anastasia en personne. Rien que d'y penser, elle en eut des frissons.

– Voilà ! chuchota-t-elle en sentant une pierre lisse sous ses doigts. Elle la rangea aussitôt dans sa poche et tendit l'oreille. Tout était silencieux, comme si la salle était déserte. Alors elle entrouvrit la porte et murmura :

– Dan ?

Tout à coup, la porte s'ouvrit en grand, et Amy tomba lourdement par terre, manquant écraser une maison de poupées.

– Je le savais ! rugit le Russe.

Dan passa à l'action et enfourcha le chien de berger en peluche.

– Hue ! Dada !

Le garçon était toujours prêt à se ridiculiser pour une bonne cause. Et alors que le gardien, furieux, fonçait sur lui, la jeune fille bondit sur ses pieds et fila vers la sortie.

– Viens, Dan !

Il ne se fit pas prier.

– Cours ! Il est à nos trousses !

Ils dévalèrent l'escalier, suivis de près par l'homme enragé.

Alertés par les cris, d'autres gardiens affluaient de partout.

Mais les deux enfants furent plus rapides. Ils arrivèrent les premiers au rez-de-chaussée, sortirent du palais et continuèrent à courir droit devant eux sous le soleil matinal.

– Ne revenez jamais ! rugit le Russe. Ah, ces gosses ! Ils finiront par avoir ma peau !

Une fois le danger écarté, Amy et Dan marchèrent pour reprendre leur souffle, puis ils éclatèrent de rire.

– J'ai trouvé des bonbons là-bas, dit-elle. Je t'en ai gardé un !

Elle lui tendit une boule de naphtaline blanche. Dan se méfia de l'odeur.

– Toi d'abord !

Satisfaite de sa petite blague, Amy la jeta dans le bassin.

Elle avait conduit toute seule une voiture pour la première fois, touché les vêtements d'une princesse et découvert un nouvel indice : une matinée riche en émotions !

9. La ruse

Le pouce d'Irina Spasky hésitait au-dessus de la touche « appel » de son téléphone portable. L'ex-espionne n'arrivait pas à se décider. Elle inspira profondément avant de ranger l'appareil dans la poche de son fin manteau noir. « Les Kabra attendront », se dit-elle. Tournant le dos au palais Alexandre, elle se dirigea vers le bassin situé de l'autre côté des jardins.

Elle avait vu Dan et Amy entrer dans le palais et en ressortir peu de temps après en courant jusqu'à leur tas de ferraille. Ils riaient ! Les voir s'amuser ainsi la contrariait. Ils remonteraient dans leur minuscule voiture et poursuivraient leur enquête jusqu'à ce que, au final, elle se retrouve dans le pétrin. « Un agent double parmi les Lucian ? Peut-être un Madrigal ? », s'interrogea-t-elle.

Il était évident qu'ils avaient découvert quelque chose dans le palais. Mais ils n'imaginaient pas la menace qui pesait sur eux !

« Ça ne se terminera peut-être pas si mal que ça », tenta-t-elle de se convaincre. Tout à coup, l'image d'un jeune enfant aux cheveux blonds s'imposa à son esprit. « Pourquoi est-ce que je pense toujours à lui bébé ? »

Elle ne se souvenait que vaguement des derniers jours, et pratiquement pas des funérailles. À part le temps qu'il faisait ce jour-là, tout ou presque s'était effacé de sa mémoire. Elle se rappelait seulement les nuages bas et oppressants, la neige qui tombait en petits flocons, le cercueil qui descendait lentement sous terre. Depuis cet instant, tant de jours et de nuits s'étaient écoulés dans la solitude, à réfléchir, à se remettre en question ! « Perdre un enfant, c'est perdre son âme ! », songea-t-elle.

Finalement, Irina reprit son téléphone et, cette fois-ci, n'hésita pas à appuyer sur la touche.

– Enfin ! fit Ian Kabra. Alors, a-t-on des raisons de s'inquiéter ?

– Oui, répondit-elle en observant les algues dans l'eau du bassin. Quelqu'un les aide. Un Lucian haut placé. C'est obligé !

– Qu'est-ce qui vous fait croire ça ?

– Ils viennent de sortir de la salle de jeux d'Alexis. Ils ont dû établir le lien entre les Lucian et les Romanov.

– Il ne faut pas qu'ils mettent la main sur des éléments compromettants. Sinon vous devrez les éliminer.

– Je sais.

Elle marqua une pause, mais ne put résister à la tentation de répliquer :

– Je ne serai pas la seule à subir les foudres de votre père.

Puis elle raccrocha brutalement.

En tout cas, pour l'instant, on ne l'obligeait pas à prendre des mesures trop drastiques à l'encontre des enfants. Elle alluma un mini-ordinateur portable, véritable bijou technologique que les Lucian avaient mis récemment à sa disposition, pour faciliter son action sur le terrain.

– Où allez-vous maintenant, mes petits ? se demanda-t-elle à voix haute.

L'ex-espionne avait déjà entré les coordonnées du parking. Un satellite envoya une image sur son écran et, après un puissant zoom avant, une voiture bleue apparut.

– Pas mal ! fit Irina, admirative.

Si l'image était un peu floue, le toit bleu était tout à fait repérable.

« Ce sera plus facile que prévu ! »

Elle monta dans sa voiture et se lança à leur poursuite, un œil rivé sur le point bleu affiché sur l'écran. Trente secondes plus tard, le buggy tournait à droite.

– Ils quittent la nationale ! Qu'est-ce qui leur prend ?

Il ne lui fallut que quelques minutes pour les rejoindre sur la route de campagne à voie unique. Elle éteignit sa connexion satellite, devenue inutile. À trois cents mètres d'eux, elle envisagea de les doubler pour ne pas se faire repérer. Toutefois, la manœuvre s'annonçait délicate, car elle conduisait une grosse voiture et la route était très étroite. Contre toute attente, le buggy s'immobilisa. Elle en fit autant.

« Qu'est-ce qu'ils fabriquent ? » Trop éloignée pour voir exactement ce qui se passait, elle regrettait d'avoir éteint son gadget.

Soudain, la voiturette bleue fit demi-tour.

« Ça se complique ! », se dit-elle tandis que les enfants se rapprochaient dangereusement. Ils allaient beaucoup trop vite, comme s'ils avaient l'intention de lui foncer dedans. Irina enclencha la marche arrière pour rebrousser chemin.

– Arrêtez-vous, bande d'abrutis !

Son véhicule percuta une grosse pierre, dérapa, et s'engagea dans les champs fraîchement labourés.

Le buggy pila devant elle dans un crissement de pneus. Au volant, un homme à barbe grise lui souriait de toutes ses dents.

Irina baissa sa vitre.

– Qui vous a donné cet engin ? vociféra-t-elle en russe. Où sont-ils allés ?

L'homme secoua joyeusement la tête, si bien qu'elle se demanda s'il avait compris ses questions.

– Répondez-moi, imbécile !

L'insulte n'était visiblement pas du goût du conducteur, car son sourire s'évanouit aussitôt. Il grommela :

– Les Américains m'ont donné dix mille roubles, plus la voiture en échange.

– En échange de quoi ?

– De ma camionnette.

– De quelle couleur est-elle ? Quelle direction ont-ils prise ? *Skazhi*[1] !

Irina aurait dû savoir qu'elle n'obtiendrait rien d'un vieux paysan russe en le harcelant ainsi. Furieux qu'on lui parle sur ce ton, l'homme détourna le regard et, fier comme un coq, fixa la campagne alentour.

Elle glissa alors une main dans sa poche et en retira un petit revolver. Sa paupière tressaillait nerveusement. Soudain, elle écarquilla les yeux. Le paysan venait de démarrer et fonçait droit devant lui, une gerbe de boue aspergeant au passage la figure de l'ex-espionne.

Elle remit le moteur en marche, seulement les roues arrière s'enfoncèrent dans la terre molle.

Elle était embourbée.

La jeune femme cracha pour se débarrasser de la boue qu'elle avait dans la bouche. Elle se sentait humiliée : « Ils m'ont bien eue ! »

– Tu crois qu'on l'a semée pour de bon ? voulut savoir Dan.

Un peu plus tôt, en apercevant le vieux paysan marcher sur le bord de la route, il avait eu l'idée de lui demander un service contre de l'argent. Ce dernier avait immédiatement accepté. Dan et Amy s'étaient

---

1. Expression russe signifiant « Parlez ! » (NDT).

ensuite glissés derrière les sièges du buggy, et le Russe avait pris le volant. L'histoire de la camionnette n'avait été qu'un leurre destiné à tromper Irina. Et ça avait marché !

Le paysan conduisait maintenant depuis cinq minutes, et les enfants commençaient à trouver le temps long.

– Je n'en peux plus ! se plaignit Amy. Je ne vais pas pouvoir rester là-dedans encore très longtemps. On est serrés comme des sardines !

Le buggy ralentit, vira brutalement à droite et s'arrêta sur le bas-côté.

– Vous payez maintenant ? demanda le Russe.

– Oui, répondit Dan, qui s'extirpa du véhicule avec difficulté.

Il prit le temps de scruter les environs pendant que sa sœur sortait à son tour. Celle-ci courut s'asseoir au volant. Et quand elle vit le regard mauvais de son frère dans le rétroviseur, elle lui tira la langue.

Sur l'autoroute, Amy roulait à pleine vitesse en direction de l'aéroport de Saint-Pétersbourg. Ils devaient maintenant se rendre dans l'une des deux villes situées hors de Sibérie : Moscou ou Iekaterinbourg.

Cramponné à son siège, Dan examina la pierre couleur miel qu'Amy avait découverte au palais. Elle était ovale, d'environ deux centimètres de diamètre et aussi plate qu'un galet.

– Impossible que cet objet soit resté là-bas pendant toutes ces années, affirma-t-il. NRR a dû le placer là-bas exprès pour nous.

– Tu as raison. Mais il ne nous facilite vraiment pas la tâche !

– Sans blague !

Le garçon examina attentivement chacun des éléments figurant sur la pierre afin d'en déchiffrer le sens. Il était justement très doué pour élucider ce genre d'énigme. Il lut à voix haute :

– Les lettres M et S séparées par une virgule ; une flèche ; le nombre quatre-vingt-trois ; et dessous, un tas d'os. Tu parles d'un charabia !

– La flèche pointe vers le M et le S, ou bien dans l'autre sens ? voulut savoir Amy.

– Dans l'autre sens. Tiens, en y regardant de plus près, les os sont cassés.

La jeune fille freina brutalement, et Tom Pouce se déporta sur le bas-côté avant de caler. La tête de Dan passa à deux centimètres du pare-brise.

Les véhicules qui les suivaient les doublèrent dans un tonnerre de klaxons et de jurons. Amy, choquée d'avoir failli provoquer un accident, s'efforçait de reprendre ses esprits.

– J'ai presque traversé le pare-brise ! hurla son frère. Laisse-moi le volant maintenant !

Ils se trouvaient à proximité d'une route secondaire plus tranquille. Amy roula tout doucement, quitta l'autoroute et conduisit sur une centaine de mètres avant de se garer. Elle était calmée et de nouveau prête à discuter.

– Désolée pour tout à l'heure. Je ne suis pas faite pour rouler sur des voies à grande vitesse. Il faut qu'on se débarrasse de cet engin avant de blesser quelqu'un. Bon, la bonne nouvelle, c'est que je pense avoir résolu l'énigme de la pierre. Tu me passes le guide ?

– Je peux conduire ? insista Dan.

– Jamais de la vie !

– Allez ! S'il te plaît !

Il lui posa la même question dix fois de suite en trente secondes, sans succès. Alors il se résigna à lui donner le livre. Amy parcourut rapidement le chapitre « Sibérie » et retrouva la légende d'une photo qui avait précédemment attiré son attention.

– Écoute ça ! Il y a longtemps, ces endroits reculés de Sibérie étaient truffés de camps de travail. Les autorités ont forcé un tas de prisonniers politiques à construire une longue route. C'était un travail extrêmement difficile. Quand des détenus mouraient à la tâche, on se servait de leurs ossements pour la consolider.

– Des os humains ! Même moi, je trouve ça dégoûtant !

– Et pourtant c'est véridique. Regarde ! La route des Os, c'est son nom.

Elle lui montra le cliché sur lequel des hommes munis de pelles et de bêches se tenaient au milieu de nulle part, un chemin blanc se déroulant à l'infini derrière eux.

Dan était surexcité :

– Ça va plaire à Hamilton. Un truc pareil, c'est délirant !

– Le M et le S sur le galet, ce sont probablement les initiales de Magadan et de Sibérie. C'est justement l'une des trois villes qu'il reste à explorer là-bas.

– Et la flèche est dirigée vers 83, avec le tas d'os en-dessous. Autrement dit, si quelqu'un quitte Magadan et roule sur la route des Os pendant quatre-vingt-trois kilomètres, il devrait tomber sur quelque chose, pas vrai ?

– Exactement !

Dan était satisfait. Tout était clair à présent. Ils avaient réussi à déchiffrer le rébus.

– On ferait bien d'appeler Hamilton, suggéra-t-il.

La jeune fille composa le numéro sur le portable, espérant qu'il ne soit pas en train de rêvasser ou de se battre avec les Kabra. Par chance, il répondit dès la première sonnerie :

– Salut, Amy ! Dis-moi que tu as de quoi nous occuper ! Mon père tourne en rond. Il pense que vous nous faites perdre notre temps.

– Il se trompe ! Tu fais du super boulot. Il faut que vous alliez d'urgence à Magadan.

– Tu as du bol !

– Comment ça ?

– Figure-toi qu'on n'est plus à Omsk. On trouvait le coin franchement pas sympa. Je me suis dit que tu aurais peut-être besoin de moi à Magadan, vu que c'est le dernier endroit de Sibérie que tu m'avais indiqué. On a sauté dans un avion hier soir, et on est déjà sur place. Par contre, les Kabra sont à nos trousses. De vrais pots de colle !

– Hamilton ! Tu es formidable !

– Enfin quelqu'un qui le remarque ! Bon alors, je vais où maintenant ?

Amy activa le haut-parleur.

Son frère se chargea de tout expliquer au jeune homme, ce qui mit ce dernier dans tous ses états :

– C'est hallucinant ! Ça existe vraiment ? Génial ! Hé, Dan ! Je parie que tu es HYPER jaloux. N'essaie pas de me faire croire le contraire !

En effet, le garçon était très contrarié. Il commençait à en avoir assez : il n'avait pas le droit de conduire Tom Pouce, et maintenant, la route des Os lui passait sous le nez. Il avait l'impression qu'on le tenait à l'écart de tout !

– Hamilton, au travail ! lança Amy. On attend que tu nous rappelles. Attention ! Ne sous-estime pas les Kabra. Ils sont sans pitié : ils feront tout pour t'arrêter.

– Hammer part en mission. Il vous tiendra au courant.

Et il raccrocha.

Pendant que Dan boudait sur son siège, sa sœur réfléchissait au choix qui s'offrait à eux : Moscou ou Iekaterinbourg ? L'horloge indiquait huit heures pile. Ils n'avaient pas une minute à perdre. Le délai qui leur était imparti allait expirer dans peu de temps.

Le téléphone vibrant dans sa main la fit sursauter. *Numéro masqué.*

– Allô ?

– Salut, Amy. C'est Ian. Tu pensais à moi ?

Sa voix suave lui donna des frissons dans le dos.

– Qu'est-ce que tu veux ? Comment as-tu eu ce numéro ?

– Je suis inquiet pour toi, mon trésor. Tu es sur une pente dangereuse. Tu fais confiance à n'importe qui.

– Alors je ne devrais pas te parler, ni à toi ni à ta sœur ! Et ne m'appelle pas « mon trésor » !

– Écoute, Amy. J'essaie simplement d'être gentil. C'est plutôt amusant de vous suivre, toi et Dan, mais il y a une chose que vous devriez savoir.

– Quoi donc ?

La jeune fille couvrit le micro pour expliquer à son frère qui se trouvait au bout du fil. Dan fit mine de vomir.

– Vous vous donnez du mal pour rien, affirma Ian. Sans vouloir te vexer, nous avons déjà beaucoup de clés, y compris celle que vous cherchez en ce moment.

– Menteur ! Tu ne sais même pas où nous allons. En revanche, je sais que tu es coincé quelque part en Sibérie. J'ai même un scoop pour toi : tu es à cinq mille kilomètres du lieu où il faudrait que tu sois !

Il y eut un court silence, suivi par un rire sournois et à peine audible, typique du jeune Kabra.

– Oh, Amy ! Si seulement tu savais ! En tout cas, je t'aurais prévenue. Tu ne pourras pas dire le contraire.

Et il raccrocha.

Amy était si furieuse qu'elle enfonça l'accélérateur, faisant crisser les pneus. Elle n'avait plus peur de reprendre la route.

– Il bluffe ! Ils n'ont pas plus de clés que nous ! Pas vrai, Dan ?

Mais ce dernier ne répondit pas, évitant le regard de sa sœur. Ils demeurèrent silencieux le reste du trajet.

10. La route des Os

– Par ici, murmura Reagan Holt. Baisse-toi, sinon ils vont nous repérer.

Son père, dont la carrure était bien plus appropriée au catch ou au judo catégorie « poids lourds », avança bon gré, mal gré, sur la pointe des pieds.

– Tu vois quelqu'un ?

– Non. Je pense qu'ils sont allés par là, répondit-elle, aux aguets derrière un immeuble de béton tout décrépit.

Ils traquaient deux individus dans une rue délabrée.

– Où sont-ils passés ? rugit-il. De vrais chats, ces deux-là !

– Papa, tu pourrais parler moins fort, s'il te plaît ? Tu ne sais pas chuchoter ?

119

Il s'apprêtait à répliquer lorsqu'on les attaqua par-derrière. Le plus costaud des deux assaillants passa un bras autour de son cou, bien décidé à ne pas lâcher prise. Mais Eisenhower tourna sur lui-même et le souleva de terre.

– Je t'avais bien dit de baisser le ton ! hurla Reagan en roulant sur le sol avec son agresseur, une jeune fille de la même taille qu'elle.

Elle se débattait comme une forcenée, la rouant de coups de poing et de coups de pied.

– Tiens bon, j'arrive ! répondit son père.

– Trop tard ! lança le grand gaillard sur son dos. Je te tiens !

Surgissant de nulle part, Mary-Todd Holt annonça :

– La partie est finie ! Hamilton et Madison ont gagné cette manche. Bien vue votre prise arrière !

Elle sortit un petit carnet pour y inscrire les notes de chacun, et s'adressa à son mari.

– Tu descends dans le classement, mon sucre d'orge. Tu peux faire mieux que ça.

Comme chaque fois qu'il perdait, Eisenhower se mit à quatre pattes afin que ses trois enfants puissent monter sur lui. Puis il se releva et s'ébroua jusqu'à ce qu'ils dégringolent.

– Papa, je n'arrête pas de te le répéter, rouspéta Reagan. Il faut que tu sois plus discret. On ne rattrapera jamais notre retard si tu continues à hurler comme ça !

Mais Eisenhower ne répondit pas. Il avait autre chose en tête.

Il prit son fils par les épaules pour l'attirer à l'écart. Ils ressemblaient à deux colosses tant ils étaient grands et forts.

– Les Cahill t'ont rappelé ? se renseigna-t-il.

– Oui, il y a quelques minutes à peine, répondit Hamilton, sur la défensive. Ils m'ont dit où aller. Ce n'est pas très loin d'ici.

– J'espère que tu es sûr de ton coup ! Je serais terriblement déçu s'ils se moquaient de nous.

– Aucun risque, papa. Ils sont honnêtes. J'en suis certain.

– Ça vaudrait mieux pour toi. Si tu échoues, c'est toute la famille qui est perdante. Et tu sais ce que je pense des perdants !

Ils continuèrent à avancer. Eisenhower lui donna une claque dans le dos.

– Fiston, on ne peut pas prendre le moindre risque. Alors, si on trouve une clé, il faudra la garder pour nous. Tu imagines bien qu'ils feront pareil quand l'occasion se présentera. Ils ne valent pas mieux que leurs parents !

Hamilton semblait très ennuyé :

– Papa..., ce serait peut-être bien de s'associer. Il reste encore beaucoup de clés à découvrir, non ?

– N'essaie pas de m'amadouer ! Ce n'est pas un jeu ! C'est chacun pour soi ! Point barre !

– Mais...

– J'ai dit : POINT BARRE ! C'est moi qui commande ! Contente-toi de terminer ta mission et laisse-moi gérer la suite.

Le jeune homme rentra la tête dans les épaules. Eisenhower sentit son cœur se serrer. Mais s'il voulait protéger sa famille, il n'avait pas le choix. Quitte à rembarrer son fils.

Il pensa soudain à ses propres parents. Il avait perdu sa mère très jeune et avait été élevé par son père. Ils avaient vécu tous les deux en vase clos. Mis à part le sport, qu'ils avaient pratiqué côte à côte de façon intensive, ils n'avaient pas partagé grand-chose. Pourtant, il pouvait affirmer qu'il avait été heureux avec lui. Oui, heureux.

Ils rejoignirent finalement le reste de la famille.

– Rassemblement ! hurla Eisenhower. Tout le monde à mon commandement !

– Décidément ! s'écria soudain Mary-Todd en désignant la Land Rover garée dans la ruelle, juste derrière eux. Impossible de se débarrasser de ces Kabra !

Pendant ce temps, à l'aéroport de Saint-Pétersbourg, les enfants attendaient qu'Hamilton les rappelle. Dan n'avait qu'une envie : trouver une boutique pour s'acheter à manger.

– Je pense à quelque chose..., annonça Amy.

– Attends, je dois refaire le plein de provisions. Allons dans ce magasin.

Elle leva les yeux au ciel et, chemin faisant, lui fit part de son idée :

– J'ai remarqué que les objets qu'on a découverts sont tous de la même couleur. Orangé, comme du miel. D'abord, la petite chambre dans la boule de verre ; puis la statuette de Raspoutine ; ensuite le morceau de bois avec le blason ; et enfin, la pierre. Chaque fois, ce sont des œuvres d'art très élaborées !

Dans la boutique, Dan se mit à parcourir les rayons, attrapant tout ce qui lui faisait envie.

– Au début, reprit Amy, je croyais que c'était un pur hasard...

– Ça y est !

Le garçon avait les bras chargés de gâteaux, de barres chocolatées, de paquets de chips, de chewing-gums et de bonbons. Il les déversa en vrac sur le tapis de caisse.

– Et ensuite ?

Amy se pencha pour lui chuchoter à l'oreille :

– Je pense que la chambre dont parle NRR est probablement la Chambre d'ambre.

– C'est quoi ça ?

– Neuf cents roubles ! annonça la caissière.

Dan paya, et ils sortirent.

Devant le regard interrogatif de son frère, elle expliqua :

– L'ambre est une résine rare, de couleur orange. Les murs de cette chambre en sont intégralement recouverts, avec de riches motifs ciselés et des centaines de petites figurines sculptées. C'est une pièce fabuleuse, unique au monde ! Un trésor inestimable ! Elle était justement située dans le palais Catherine, à Tsarskoïe Selo.

À ce nom, Dan recracha la moitié des bonbons qu'il avait dans la bouche.

– On vient juste d'y aller ! protesta-t-il. Pourquoi tu ne m'as rien dit ?

– Ça n'aurait servi à rien. Les nazis ont volé la Chambre d'ambre pendant la Seconde Guerre mondiale. Puis elle a disparu, et personne ne sait ce qu'elle est devenue. Certains pensent qu'on l'aurait réintroduite en Russie après la guerre.

– Comment on fait pour *égarer* une chambre ?

Amy prit le ton professoral qui agaçait tant son frère :

– En fait, il s'agit de panneaux muraux d'une longueur de quarante-cinq mètres, couverts de six tonnes d'ambre.

– Alors, ils sont peut-être à Moscou, ou à Katerinville !?

– Iekaterinbourg ! corrigea-t-elle. J'espère seulement qu'ils ne sont pas en Sibérie, avec les Holt !

Bzzzzz… Bzzzzz… Bzzzzz.

Les enfants s'étaient assoupis sur une banquette de l'aéroport lorsque le téléphone de Nellie se mit à vibrer. Dan finit par émerger.

– Allô ! Hamilton, c'est toi ?

– Waouh ! Waouh ! Waouh ! hurlait une voix en guise de réponse.

Le garçon colla le portable à l'oreille de sa sœur, qui se réveilla en sursaut.

– On s'est endormis, constata-t-elle en se frottant les yeux.

– Non, tu crois ? J'ai Mike Hammer en ligne. Il a l'air en pleine forme.

Il enclencha le haut-parleur pour qu'elle puisse entendre la conversation.

– Ici Hamilton ! Mon père vient de prendre le volant. On conduit l'engin à tour de rôle. Trop génial !

– De quoi tu parles ? demanda Dan.

– On est en train de rouler sur la route des Os, à bord d'un Kamaz ! Un vrai tank, ce camion !

– PAS POSSIBLE ! UN KAMAZ ? Tu te fiches de moi ? C'est dément !

– Qu'est-ce que c'est que ça, Dan ? voulut savoir Amy.

– C'est un énorme 4 × 4 ! Le plus gros des tout-terrain russes ! En plus, c'est comme un *Transformer*... enfin presque... À partir d'un même châssis, on peut monter n'importe quel monstre par-dessus : des camions à benne, des véhicules militaires, des bus... Il a douze vitesses ! Tu le savais pas ?

– Oh ! Ça va ! fit-elle, agacée.

– Quand je pense que c'est moi qui aurais dû être au volant !

– Dommage ! lança Hamilton.

– Alors ? Qu'est-ce qui se passe ? les coupa Amy.

– On a réussi à aller jusqu'au kilomètre 83 et maintenant, on fait demi-tour. C'est super de rouler là-dedans !

Dan se boucha les oreilles. Il ne supportait plus d'entendre le jeune homme s'amuser comme un fou alors que lui s'ennuyait à mourir dans un terminal d'aéroport.

– Qu'est-ce que vous avez découvert ? s'impatienta sa sœur. Hamilton ? Tu es toujours là ?

La communication était mauvaise. Elle insista :

– Je t'entends à peine. Parle ! Le temps presse !

– Ah oui ! J'allais oublier ! On a trouvé très facilement une fois sur place. Le truc était planté au bord de la route.

Hamilton tournait autour du pot, ce qui l'agaçait prodigieusement.

– Quel truc ? fulmina-t-elle.

– Oh, oh ! Voilà les Kabra. On dirait qu'ils sont tombés en panne. Ils nous font de grands signes pour qu'on s'arrête...

– Ils n'ont qu'à appeler une dépanneuse ! hurla Eisenhower.

– Papa... ATTENTION !

Amy et Dan entendirent un fracas métallique.

– On vient de percuter leur Land Rover ! Deux gardes du corps nous barrent la route ! Ils viennent vers nous ! Ils ont l'air FURAX ! Oh ! Non !

– TU... AS... TROUVÉ... QUOI ? vociféra Amy, excédée.

Elle regarda son frère :

– Bon sang, qu'est-ce qui se passe ?

La ligne crépita, grésilla, puis la voix de Mary-Todd Holt retentit :

– Bonjour, Amy, comment vas-tu ? Hamilton et son père ont comme qui dirait... un petit différend avec deux molosses... Oh, Seigneur ! Ça doit faire mal ! *EISENHOWER, NE TE LAISSE PAS FAIRE !*... Désolée, ma chère. Voici ce que nous avons découvert au kilomètre 83 : se trouvait un poteau enfoncé profondément dans le sol. Mon costaud de mari a réussi à l'arracher, sauf qu'il s'est fait un tour de reins en tirant dessus d'un coup sec. Bref, dessous, il y avait un objet plus que bizarre. C'était une… une tête. Pas une vraie, je te rassure – quelle horreur sinon, n'est-ce pas ? – non, il s'agissait d'une sculpture… *BIEN ENVOYÉ, HAMILTON ! MONTRE-LEUR CE QUE TU AS DANS LE VENTRE !*… Excuse-moi, Amy, mais mon fiston vient de frapper l'un des deux gardes du corps avec… hum… *la tête* justement ! Il se débrouille vraiment bien… Où en étais-je ? Ah, oui, la sculpture ! Zut ! Je vais devoir te rappeler plus tard… ALLEZ, LES HOLT ! FRAPPEZ LÀ OÙ ÇA FAIT MAL !

Et elle raccrocha.

– Ma parole, ils se fichent de moi ! se fâcha Amy.

Quatre minutes s'écoulèrent avant que le téléphone ne se remette à vibrer. C'était Hamilton :

– Ils ont déguerpi ! Papa boite un peu, mais c'est un dur à cuire ! Maman et les jumelles sont avec lui. Écoute, Dan, je suis prêt à respecter notre marché. Seulement mon père, lui, n'est pas vraiment chaud. Je peux te faire confiance ? Je veux dire, *à cent pour cent* ? Si jamais vous nous roulez, il me le fera payer cher !

– Tu as ma parole.

Le plus drôle dans tout cela, c'est que Dan était sincère. Au fond de lui, il se savait incapable de cacher quoi que ce soit à Hamilton après tout ce que celui-ci venait de faire pour eux.

— Marché conclu ! Bon, je ne suis pas doué en histoire, mais j'ai reconnu la tête. Mon père aussi d'ailleurs, depuis le temps qu'on traîne dans ce pays ! C'est Lénine, tu sais, le type qui a déclenché la révolution russe…

Amy le coupa :

— Dépêche-toi, Hamilton ! ordonna Amy. On n'a plus beaucoup de temps !

— Ça vient ! grommela-t-il. Prends un crayon. Je te dicte ce qui est écrit sur le crâne de Lénine.

— Vas-y ! fit-elle, bloc-notes et stylo en main.

— PNK BAL LOG4 R3 P1 45231 P2 45102 P3 NRR.

— Tu es sûr ?

— Arrête de me prendre pour un idiot ! Bon, je fais quoi maintenant ?

— Euh… tu nous as bien aidés. Mission accomplie ! On te contacte dès qu'on a du nouveau.

— OK ! conclut Hamilton.

La jeune fille s'adressa à son frère.

— Tu es prêt ? On va au Kremlin !

II. De Saint-Pétersbourg à Moscou

Ian Kabra ne savait pas ce qui était pire : tomber en panne en rase campagne ou devoir supporter sa petite sœur.

– C'est une catastrophe ! hurla Natalie. Regarde-moi !

Son collant était déchiré et ses chaussures de luxe irrécupérables. On aurait dit que ses cheveux, d'ordinaire lisses et brillants, étaient passés au sèche-linge. Le jeune homme ne s'en était pas mieux sorti lors de la violente bagarre qui les avait opposés aux Holt. Il était couvert de bleus.

Assise sur la banquette arrière de la Land Rover, la fillette ne cessait de se plaindre d'une voix stridente :

– J'en ai assez de cette compétition ! ASSEZ !

Leur chauffeur tentait de joindre une dépanneuse par téléphone, tout en palpant son nez cassé.

– Le père d'Hamilton est plus vif qu'il n'en a l'air, déclara Ian. Je n'aimerais pas me frotter de nouveau à lui.

– Regarde la réalité en face ! C'est fini ! On n'est plus dans la course ! Notre voiture est fichue et on est coincés ici, au fin fond de la Sibérie. C'est un vrai cauchemar. JE VEUX RENTRER À LA MAISON !

Il en avait assez. Ne pouvant rester une seconde de plus avec sa sœur, qui plus est dans un si petit espace, le jeune homme sortit de la voiture faire quelques pas pour se détendre. Ian pianota sur son téléphone, laissa sonner cinq fois, puis raccrocha. Son père ne répondait pas, comme d'habitude ! Il composa alors le numéro d'Irina Spasky, qui décrocha au bout de trois sonneries.

– Je suis occupée, dit-elle d'un ton sec.

– Notre journée ne se passe pas aussi bien que prévu. J'espère que vous avez de meilleures nouvelles à m'annoncer.

– Tiens donc, les Holt vous donnent du fil à retordre ? C'est surprenant !

Ian préféra ne pas relever et respira profondément avant de donner ses ordres :

– Vous devez vous débarrasser des Cahill. Ils sont de mèche avec les Holt. Ces dégénérés leur ont communiqué un nouvel indice. J'en suis pratiquement certain.

Allez savoir pourquoi, le visage d'Amy en train de bégayer sottement lui traversa subitement l'esprit. Après une seconde de flottement, il reprit :

– Faites en sorte qu'ils quittent la Russie.

Le jeune homme avait pesé ses mots. Il savait qu'Irina ne reculerait devant rien pour éliminer le danger.

– Entendu ! répondit-elle.

– Une fois votre tâche accomplie, rappelez-moi.

Et il raccrocha.

Pendant l'heure que dura le vol Saint-Pétersbourg-Moscou, Dan et Amy eurent le loisir de déchiffrer le message inscrit sur la tête de Lénine, et de mettre au point un plan. Ils avaient revêtu leurs déguisements et, cette fois-ci, avaient décidé de les conserver jusqu'à ce qu'ils aient fini d'inspecter le Kremlin.

La jeune fille avait tout de suite compris que Lénine faisait référence au Kremlin, puisque c'était là que le corps embaumé du chef de la révolution russe était exposé au public depuis plusieurs décennies.

Concernant l'énigme, il fallut les talents combinés du frère et de la sœur pour en venir à bout. Amy réussit rapidement à élucider le début : PNK, elle en était convaincue, signifiait « palais national du Kremlin », une prestigieuse salle de théâtre située au sein de la gigantesque forteresse moscovite. Quant à Dan, il fut le premier à donner un sens aux lettres et aux chiffres qui suivaient.

– BAL LOG4 R3, c'est sûrement le numéro d'un emplacement. Balcon, loge n° 4, rang n° 3.

Amy approuva d'un hochement de tête.

– Et moi qui pensais qu'on t'avait échangé à la naissance contre mon véritable frère ! Les autres chiffres doivent être une sorte de combinaison ou un code. Je parie qu'on comprendra une fois sur place.

À la sortie de l'aéroport, les enfants prirent un bus qui les conduisit à cent mètres du palais national du Kremlin.

La jeune fille, plus déterminée que jamais, ouvrit son guide à la page du théâtre. Elle entoura sur le plan de salle le rang n° 3 de la quatrième loge.

– Il faut monter au balcon.

Elle consulta sa montre :

– Plus que deux heures ! Ça m'étonnerait qu'on réussisse.

– On va y arriver ! assura Dan en fonçant vers l'imposant bâtiment blanc.

Ils déambulèrent dans un couloir orné d'innombrables œuvres d'art, qui débouchait sur la salle de spectacle à proprement parler. Des touristes se pressaient devant les portes, admirant le décor en attendant de pouvoir y accéder. La prochaine visite guidée n'aurait lieu que dans une vingtaine de minutes.

– On a de la chance, murmura Amy. Viens, essayons d'entrer avant que ça ne grouille de monde.

Quelque part, dans les entrailles du bâtiment que Dan et Amy s'apprêtaient à explorer, un individu surveillait leurs moindres faits et gestes.

« Ils sont malins, ces deux-là ! songea NRR. Ils pourraient bien être dans les temps. »

Le mystérieux personnage composa un numéro de téléphone et dut laisser sonner plusieurs fois avant d'obtenir une réponse.

– C'est une ligne sécurisée ?

– Je ne m'abaisserai pas à répondre à cette question-là, rétorqua NRR.

– D'accord, d'accord. Parlez, et faites vite !

– Les Cahill seront dans mon bureau d'ici peu. Voulez-vous toujours que je m'en charge ?

Un long silence s'installa. NRR avait l'habitude. Son contact était quelqu'un qui aimait prendre son temps avant de répondre.

– Ils sont épatants, n'est-ce pas ? déclara-t-il finalement. Personne ne pourra dire qu'ils n'ont pas fait leurs preuves.

– Ils ont compris très vite qu'ils n'y arriveraient jamais seuls.

– Recruter une équipe telle que les Holt ! C'est tout simplement remarquable. Je n'aurais jamais osé.

– Alors, on continue comme prévu ?

– Absolument. S'ils parviennent jusqu'à vous, conduisez-les à la chambre. Je pense qu'ils sont prêts.

Après avoir raccroché, NRR retourna à son arsenal d'écrans vidéo.

12. Au cœur du Kremlin

Toutes les portes permettant d'accéder à la salle étaient fermées à clé. Par chance, au bout de quelques minutes, un homme de ménage en sortit, tirant une poubelle montée sur un chariot. Dan saisit cette occasion inespérée et poussa brutalement sa sœur. Elle se prit le pied dans l'une des roulettes et s'étala de tout son long sur le sol de marbre.

– Pauvre crétin ! hurla-t-elle, écarlate, oubliant qu'elle était déguisée en adulte.

Tandis qu'elle se relevait, l'homme afficha un sourire crispé en se retenant d'éclater de rire. Il marmonna quelque chose en russe qui, d'après Amy, voulait sûrement dire « espèce d'empotée », puis continua son chemin.

Elle réajusta ses lunettes et sa perruque.

– Dan, où es-tu ?

La jeune fille avait beau regarder de tous les côtés, son frère avait disparu.

– Psst, par ici ! murmura-t-il.

Elle se retourna et aperçut sa barbichette qui dépassait dans l'entrebâillement d'une porte.

– Viens vite !

Amy commença à reculer lentement, l'œil rivé sur le groupe de femmes, qui passait près d'elle en discutant à voix basse. Une fois la porte atteinte, elle s'y adossa. Dan lui attrapa alors le bras et l'attira d'un coup sec à l'intérieur.

– T'en as mis du temps !

Elle lui jeta un regard noir, l'air de dire : « D'abord, tu me pousses. Ensuite, tu m'arraches le bras. Ça commence à bien faire ! »

– Tu m'énerves à la fin !

Mais sa colère s'évanouit aussitôt. De là où elle se trouvait, la vue était époustouflante. Elle adorait les théâtres presque autant que les livres, et celui-ci était une pure merveille. Elle n'avait jamais rien vu d'aussi beau. Alors que la scène était nimbée d'une lumière bleue, le reste de la salle était plongé dans l'obscurité. Le décor se composait d'édifices somptueux avec, à l'arrière-plan, une église de style russe.

Les fauteuils, tous vides, étaient alignés sur de longues rangées, dans l'attente des passionnés d'art dramatique qui n'arriveraient pas avant le soir.

Dan passa devant, en éclaireur, longeant le mur du fond.

– Le balcon est juste au-dessus, indiqua-t-il. L'escalier ne doit pas être très loin.

Ils le trouvèrent, dissimulé derrière un rideau, et y grimpèrent à pas de loup. Soudain, ils entendirent une porte grincer. Amy porta un doigt à ses lèvres et, se retournant, aperçut un énorme berger allemand tenu en laisse par un agent de sécurité.

Dan fit signe à sa sœur d'avancer. Ils arrivèrent rapidement en haut des marches et, au bout d'un petit couloir, s'engouffrèrent dans la loge n° 4. Le garçon chercha le rang n° 3, puis s'efforça de comprendre ce que P1 voulait dire. Il fut vite à court d'idées. Amy s'accroupit pour jeter un œil par-dessus le balcon : le chien attirait son maître vers l'escalier.

– Il vient par ici !

Elle rampa jusqu'à Dan, avec lui afin de réexaminer les lettres et les chiffres griffonnés sur le bout de papier.

– On a trois « P » : P1, P2 et P3. Ce sont peut-être des portes ?

– Possible, fit-il avant de réciter d'une traite la suite codée. PNK BAL LOG4 R3 P1 45231 P2 45102 P3.

– Dan, dépêche-toi. Ce chien a l'air méchant et affamé, si tu vois ce que je veux dire…

Ayant trouvé le rang n° 3, il se laissa tomber sur un des fauteuils.

– Qu'est-ce que tu fabriques ? s'affola-t-elle. Ce n'est pas le moment de se reposer ! Tu ferais mieux de te remuer les méninges !

– Justement. Je crois que j'ai pigé.

– Pigé quoi ?

Elle était en train de tâtonner nerveusement par terre, dans l'espoir de découvrir une trappe secrète susceptible de les mener à NRR, et, par la même occasion, d'échapper au berger allemand.

– Viens m'aider au lieu de faire la sieste ! Rends-toi utile !

Mais le garçon se releva calmement pour s'asseoir sur le siège d'à côté, le cinquième de la rangée. Du fauteuil n° 4, il venait de passer au n° 5, et se levait de nouveau pour le n° 2.

– Dan ! Tu as perdu tête, ma parole !

– 4-5-2-3-1. S'il s'agit des places de la troisième rangée, il faut sans doute respecter l'ordre indiqué par NRR. Laisse-moi finir.

Il essaya le fauteuil n° 3 avant de se diriger vers le n° 1.

– Si rien ne se passe, alors on a un gros problème, souffla-t-il.

Il respira un grand coup puis s'affala dans le fauteuil. Un petit déclic retentit aussitôt derrière un rideau situé dans le fond de la loge.

– On dirait que tu as déclenché un mécanisme, chuchota Amy, qui percevait le halètement du chien en haut de l'escalier.

Les enfants s'approchèrent sans bruit du rideau rouge et tirèrent dessus.

Un pan de mur avait coulissé sur vingt-cinq centimètres, découvrant un espace noir comme la nuit.

– *Kto tam*[1] ? cria le gardien derrière la porte.

---

1. « Qui est là ? », en russe (NDT).

Pris de panique, Dan et Amy se glissèrent dans l'ouverture qu'ils s'empressèrent de refermer derrière eux.

Une fois dans la loge, le berger allemand eut beau renifler le moindre recoin du balcon, il ne trouva personne. Dan et Amy s'étaient volatilisés.

– Je suppose qu'on doit suivre les lumières, déclara Amy.

Ils avancèrent prudemment sur une quinzaine de mètres, jusqu'au bout d'un corridor éclairé par des spots encastrés dans le sol.

– On dirait un ascenseur, fit remarquer Dan. P2 : la porte n° 2 !

Elle acquiesça. Cinq boutons cerclés de rouge rougeoyaient faiblement sur le mur noir.

– Tu te souviens de l'ordre des numéros ?

Le garçon appuya sur les chiffres l'un après l'autre : d'abord le 4, puis le 5, le 1, le 0 et enfin le 2.

Les portes s'ouvrirent si rapidement qu'il eut un mouvement de recul, donnant sans le vouloir un coup de coude à sa sœur. Un portrait géant de la famille Kabra était placardé dans l'ascenseur.

Il pénétra à l'intérieur, agacé :

– Ceux-là, ils ont vraiment la grosse tête !

– Tu l'as dit !

En croisant son regard, Dan s'aperçut qu'Amy tremblait comme une feuille et il fut submergé par un sentiment de culpabilité tout à fait inhabituel : « Elle s'inquiète pour moi. C'est ma grande sœur, elle se sent responsable de moi ! » Il lui prit la main pour la rassurer.

– Tout va bien se passer, tu verras.

Touchée par cette marque d'affection, elle esquissait un sourire quand, tout à coup, l'ascenseur se mit à dégringoler. Elle agrippa la rampe et s'y cramponna de toutes ses forces. Dan, lui, n'eut pas cette chance. Il roula par terre jusqu'à ce que l'appareil s'arrête brusquement et s'ouvre à nouveau.

Il était secoué mais indemne.

– Je vais finir par croire que cet endroit est hanté !

L'idée de se retrouver sous terre lui donnait la chair de poule. Il se sentait pris au piège et craignait de manquer d'oxygène.

– On est à quelle profondeur d'après toi ?

Amy ne lui répondit pas. Elle avait les yeux rivés sur un énorme portail en bois et en fer, de style gothique, qui se dressait au fond d'un passage caverneux.

– On se croirait dans « Donjons et dragons », constata-t-il. Une vraie forteresse médiévale !

– P3, la troisième et dernière porte ! murmura Amy. On y est ! On a trouvé NRR !

Ils se hâtèrent de sortir de l'ascenseur et coururent jusqu'au portail. Une antique serrure à combinaison dotée de cinq cadrans trônait en son centre. Le hic, c'est que les chiffres étaient écrits en toutes lettres, en cyrillique[2].

– Dan, donne-moi le guide.

Après avoir fouillé dans le sac à dos, il tendit le livre à sa sœur. Elle fit défiler les pages avec son index.

– Là ! J'y suis : les chiffres zéro à dix.

Le garçon se pencha, intrigué, et entrevit les étranges lettres russes dans la pénombre. Puis il regarda sa sœur droit dans les yeux.

– T'es sûre de vouloir continuer ? Et si c'était un piège, comme l'a dit Irina ?

Elle hésita un instant.

Il est vrai que l'ex-espionne leur avait conseillé de quitter le pays pour sauver leur peau. Malgré tout, Amy était prête à courir le risque, car une phrase l'intriguait plus que tout. Une phrase qui résonnait sans cesse dans sa tête, qui la poussait à aller plus loin : *Venez seuls, comme jadis vos parents.*

---

2. L'alphabet cyrillique, dont se servent les Russes pour écrire, a été créé au IXe siècle par un moine bulgare dénommé Cyrille (NDT).

– J'ai l'impression que nos parents sont venus ici. Qu'ils se sont tenus ici même pour résoudre cette énigme. Je les entends presque.

– Moi aussi.

– Je m'en doutais. Alors, on y va ?

– Et comment !

Dan scruta pendant plusieurs secondes la liste des chiffres en cyrillique, puis se mit au travail :

– Quatre… Cinq… Un… Zéro… Deux.

Dès le dernier cadran tourné, la serrure se déverrouilla avec un léger cliquetis, et la porte pivota sur ses gonds en grinçant. Une voix douce de femme retentit aussitôt :

– Entrez. Je vous attendais.

13. Dans le repaire des Lucian

– Cet endroit fiche une de ces trouilles ! murmura Dan.
– T-t-tu m'étonnes ! bafouilla Amy.

Ils venaient de pénétrer dans une petite pièce circulaire dont les murs et le plafond voûté étaient recouverts de fresques richement détaillées. Hormis la porte qui venait de se refermer derrière eux, aucune issue n'était visible.

– Où est passée la dame ? s'affola Dan. Comment va-t-on faire pour sortir d'ici ?

Amy haussa les épaules avec nervosité, puis contempla les peintures murales autour d'elle.

– On dirait du Michel-Ange.

– Hé ! Je le reconnais, celui-là, c'est Ben Franklin !

En effet, l'homme à lunettes rondes trônait au-dessus de leur tête, un cerf-volant à la main.

– Et là, je suis presque sûre que c'est Napoléon. Il était vraiment tout petit !

Dan dévisagea un personnage rondouillard qui faisait le V de la victoire.

– Lui, c'est certainement Churchill.

Amy planta son regard dans celui de son frère :

– Ce sont tous des Lucian. Tous sans exception !

– On est dans leur forteresse, réalisa-t-il, paniqué.

– Mauvais. Très mauvais ! Fichons le camp d'ici !

Elle se retourna vers l'immense porte, à la recherche d'un loquet.

– Dan, aide-moi !

Tout à coup, le garçon entendit quelque chose coulisser contre le mur du fond : un pan entier venait de s'ouvrir. Près de l'entrée, sir Isaac Newton semblait leur faire signe d'avancer.

La même voix retentit de nouveau, rassurante et douce comme la soie :

– Il n'y a aucune raison d'avoir peur. Suivez les lumières. Mais faites vite, que personne ne vous surprenne !

Ils aperçurent les points lumineux le long d'un couloir semblable à celui d'en haut. Sauf que là, les lumières n'étaient pas blanches mais orange, et qu'elles paraissaient ne jamais finir.

– Avancez jusqu'à la douzième porte sur votre gauche. Dépêchez-vous !

– La voix vient certainement d'un haut-parleur, supposa Amy. Je ne vois personne.

Les enfants se regardèrent une dernière fois avant de se décider. Puis ils hochèrent la tête. Ils n'avaient pas le choix. À peine avaient-ils fait deux pas que la paroi se referma derrière eux. Il faisait plus sombre qu'ils ne l'auraient souhaité.

– On a pris combien de passages secrets ? s'inquiéta Dan. On n'arrivera jamais à sortir d'ici !

Ils comptèrent les portes et arrivèrent enfin devant la douzième. Au même moment, la quatrième s'ouvrit brusquement. Tétanisés par la peur, ils ne bougèrent pas d'un pouce. Du coin de l'œil, ils virent une silhouette s'éloigner. Le pan de mur à l'entrée du couloir s'entrouvrit juste assez pour laisser passer l'individu, puis se referma aussitôt.

– Sûrement un a-a-agent, susurra Amy.

– Allons-y !

Dan leva la main vers la poignée, mais hésita :

– Tu es vraiment sûre que c'est la douzième, à gauche ?

S'il y avait une chose qu'il voulait à tout prix éviter, c'était de débarquer au beau milieu d'une réunion d'agents secrets en costumes noirs.

Sa sœur eut un doute, et il comprit qu'elle souhaitait revenir sur ses pas afin de recompter, histoire d'en avoir le cœur net. C'est alors que la même paroi coulissa de nouveau.

Sans attendre davantage, Dan tourna la poignée, et ils se ruèrent à l'intérieur.

La pièce leur parut des plus ordinaires : un grand bureau en chêne, un globe terrestre sur pied et un petit tapis sur le parquet. Un long manteau blanc était suspendu à un portemanteau, et les armoiries des Lucian décoraient tout un mur. Par contre, ce qui les surprit fut la personne assise derrière le bureau.

Celle-ci portait un tailleur dont la blancheur contrastait étonnamment avec sa chevelure noire. Difficile de lui donner un âge. Dan n'aurait su dire si elle avait quarante ou soixante ans. Quelque chose dans son regard la vieillissait, alors que son visage était dénué de rides. C'était une femme ravissante, d'une beauté classique typiquement russe. Amy la contemplait, fascinée.

– Vous mettez du piquant dans cette chasse aux clés, déclara la femme. C'est ce que j'apprécie chez vous. Je vous en prie, venez vous asseoir.

Ils s'exécutèrent en prenant place sur deux chaises situées face à elle.

– Vous pouvez ôter vos déguisements. Ici, ils ne vous seront d'aucune utilité.

Dan arracha avec joie sa moustache et son bouc, avant de les jeter dans le sac à dos posé à ses pieds. Au passage, il jeta un coup d'œil à sa montre. « On a réussi ! songea-t-il. Avec même quelques minutes d'avance ! »

Amy enleva sa perruque noire, et ses cheveux retombèrent sur ses épaules.

– Tu es une très jolie jeune fille, déclara la dame en blanc. J'espère que Grace aura eu la gentillesse de te le dire de son vivant.

– Vous la connaissiez ?

– Nos familles ont une longue histoire commune. Je n'ai jamais rencontré votre grand-mère personnellement. Ma mère, oui. Elles étaient toutes les deux extraordinaires. Et les femmes d'exception finissent toujours par se croiser.

« J'espère que cette femme d'exception ne va pas nous tuer ! », s'alarma Dan.

Amy, elle, semblait tout à fait confiante.

– Vous êtes la grande-duchesse Anastasia ?

La Russe éclata de rire, mais se ressaisit instantanément en voyant un bouton clignoter sur son téléphone.

– Je vous prie de m'excuser un instant. Quelqu'un cherche à me joindre. Cela ne peut attendre, j'en ai peur.

Elle fit pivoter sa chaise et, dos aux enfants, ouvrit un buffet en bois contenant une rangée d'écrans. L'un d'eux était connecté à la pièce aux fresques murales qu'ils venaient de quitter.

– Soyez gentils, cachez-vous derrière le bureau. J'ai un appel en visioconférence d'une personne qui, si elle vous voyait ici, serait folle de rage.

Sur le moment, cette demande leur parut vraiment bizarre, mais n'ayant guère le choix, ils obtempérèrent. Quelques secondes plus tard, une voix familière retentit :

– Bonjour, Nataliya Ruslanovna Radova. Tu es superbe, comme toujours.

– C'est très aimable de ta part, Irina Nikolaïevna Spaskaya. Que puis-je faire pour toi ?

Dan n'en croyait pas ses oreilles. C'était Irina Spasky ! Il était désormais évident qu'on les avait piégés. À cette pensée, le garçon sentit chaque muscle de son corps se contracter.

– J'ai besoin que tu envoies une équipe dans la chambre, expliqua l'ex-espionne. Il se passe pas mal de choses, et je veux m'assurer que l'endroit est bien gardé.

– Tiens, Ian Kabra m'a adressé la même requête voici tout juste une heure ! Nous sommes en train de mettre en place un cercle noir.

– Parfait ! T'a-t-il raconté ce qui lui était arrivé en Sibérie, alors qu'il suivait les Holt sur la route des Os ? Il s'est mis dans de beaux draps !

– Son père était hors de lui, comme tu peux l'imaginer.

– Vikram finira bien par revenir à la raison, et renvoyer ses deux enfants sur les bancs de l'école, qu'ils n'auraient jamais dû quitter.

– Auras-tu besoin du Requin ? voulut savoir Nataliya.

– Volontiers ! Si tout va bien, je devrai être sur place avant la tombée de la nuit. Envoie-le-moi. Je me ferai un plaisir de le piloter au retour. Et nous papoterons autour d'une tasse de thé.

– Avec joie. Sois prudente.

– Compte sur moi.

Après une courte pause, Nataliya annonça aux deux enfants qu'ils pouvaient sortir de leur cachette.

– J'ignorais qu'Irina pouvait être aussi... comment dire... bavarde, s'étonna Amy.

– Nous sommes amies depuis fort longtemps, précisa la Russe en posant ses coudes sur le bureau.

Dan ne tenait plus en place.

– Je vais être direct ! C'est vous NRR ?

Elle esquissa un sourire discret :

– Vous vous attendiez à un homme, je présume.

– Euh... non... pas vraiment. Bon d'accord ! J'avoue : oui !

– Je suis bien NRR. Navrée de vous décevoir, gloussa-t-elle.

Le garçon allait s'excuser quand elle leva la main de façon si autoritaire qu'il n'osa pas dire un mot de plus.

– Vous avez tout juste le temps pour une ou deux questions supplémentaires, car l'appel d'Irina a changé la donne. Il ne faudrait pas qu'elle accède à la chambre avant vous.

– Je ne comprends pas, déclara Amy d'un ton sec. Vous êtes une Lucian, oui ou non ? Pourquoi nous aider ? Qui êtes-vous exactement ?

NRR poussa un profond soupir, joignit ses mains et s'expliqua :

– Je ne suis pas la grande-duchesse Anastasia, mais je tiens à vous remercier du compliment. Vous n'étiez pas loin. Anastasia Nikolaïevna Romanova était ma mère.

– Votre *mère* ! s'exclama Dan, estomaqué. Vous êtes la fille d'Anastasia ? C'est délirant !

– Oui, sa fille unique.

– Vous voulez nous faire croire que notre grand-mère connaissait la grande-duchesse ?

– Absolument ! Elles étaient d'ailleurs assez proches. Je suis certaine que vous êtes au courant des rumeurs qui circulent au sujet de ma mère. Elle a effectivement survécu au massacre.

Amy en resta bouche bée. Un lourd silence régna quelques secondes dans la pièce.

– Alors comme ça, c'était vrai ! intervint Dan. Raspoutine avait des super dons de ninja pour défier la mort, et il en a fait profiter Anastasia ?

– Parle-t-il toujours ainsi ? voulut savoir NRR, visiblement amusée.

Amy confirma :

– Oui, c'est bien le problème !

– Cela lui passera avec l'âge.

Dan était vexé.

– Hé, ho ! Je suis là ! Arrêtez de parler de moi comme si je n'existais pas !

La Russe l'apaisa d'un geste, consulta sa montre, puis leur lança un regard signifiant qu'ils avaient très peu de temps.

– Vous êtes une grande-duchesse, comme votre mère ! reprit Amy. La grande-duchesse Nataliya !

Dan leva les yeux au ciel, craignant que sa sœur ne fasse la révérence.

– Jeune fille, je crains que cette époque ne soit révolue. Contrairement à l'Angleterre, la Russie n'a plus de monarchie. Il n'y a plus ni empereurs ni impératrices. Mais ce que je fais aujourd'hui, en vous apportant mon aide, honore la mémoire de ma mère.

– Comment ça ? demanda Dan, sur la défensive.

150

Il n'allait certainement pas se laisser impressionner par cette femme simplement parce qu'elle était belle et avait un joli accent. James Bond était souvent tombé dans le panneau, mais pas *lui* !

– Je vais vous révéler quelque chose qui ne devra jamais sortir d'ici. Sinon vous mettriez ma vie et celle d'autrui en danger. Vous comprenez ?

Ils acquiescèrent.

– Je suis une Lucian. Tout comme l'étaient ma mère et ma grand-mère. Mais à l'image de tant d'autres familles, la mienne ne s'était jamais activement impliquée dans la chasse aux clés, ainsi que l'appelle Grace. À vrai dire, ma mère n'était pas au courant, jusqu'à ce qu'elle rencontre mon père. Il fut l'un des Lucian les plus puissants de ces cinquante dernières années. Il était à la tête du clan, bien avant les Kabra. Voilà pourquoi j'occupe une position aussi importante, et pourquoi nous nous rencontrons aujourd'hui. Cependant, même si je fais partie d'un clan, je veux d'abord et avant tout rester moi-même.

Elle balaya de la main une mèche qui lui barrait le visage.

– Pourquoi faites-vous tout ça ? insista Dan.

Il ne comprenait toujours pas en quoi cette histoire les concernait. Pour quelle raison l'héritière du trône des Romanov s'intéressait-elle à eux ?

Nataliya consulta une nouvelle fois sa montre en or avant de presser un bouton sur son téléphone.

– Irina a demandé des renforts. Préparez le Requin pour un départ dans quinze minutes.

Puis elle s'adressa de nouveau aux enfants :

– J'ai fait appel à vous pour différentes raisons. D'abord, je souhaitais détourner l'attention de mes homologues Lucian, les déstabiliser. Mission accomplie : les Kabra sont en Sibérie, à des milliers de kilomètres d'ici, et Irina a vu ses projets contrariés. Ensuite, je voulais savoir ce dont vous étiez capables. Je vous ai mis à l'épreuve. Je n'ai pas été déçue : vous avez compris que vous n'y parviendrez jamais tout seuls, et vous vous êtes servis des Holt pour arriver ici dans les temps. Vous avez su les contrôler, chose que je n'aurais jamais crue possible.

– OK ! intervint Amy. On a réussi l'examen et on est plus malins que les Lucian. Et alors ?

Rien de ce que Nataliya avait dit jusqu'à présent ne leur permettait de penser que leur dangereuse course-poursuite à travers la Russie aboutirait à la découverte d'une nouvelle clé.

– Là où je vous conduis, vous découvrirez ce que vous êtes venus chercher. Je pense bien sûr à cette compétition, mais aussi à des choses plus... personnelles.

Elle leur adressa un regard qui en disait long.

– Nos parents ? devina Dan, la gorge serrée.

La Russe tapotait de l'index sur le bureau. Elle était parfaitement immobile, comme si quatre-vingt-dix-neuf pour cent de son corps s'étaient transformés en granit, excepté ce doigt-là. *Toc, toc, toc...*

Trente secondes s'écoulèrent avant qu'elle ne reprenne la parole :

– Certaines informations peuvent bouleverser votre vie pour toujours. Impossible de faire machine arrière.

Et au bout du compte, vous continuez à courir après des secrets. Je n'ai jamais eu l'intention de prendre part à cette folle chasse aux clés. Pourtant je n'ai pas pu faire autrement.

Elle marqua une pause et reprit :

– La Chambre d'ambre se trouve dans un sous-sol fortifié. Les Lucian y cachent leurs documents secrets, dont des informations concernant vos parents, ainsi que leur clé.

Elle observa un instant Amy avant de poser ses yeux magnétiques sur Dan.

– Je vous aide parce que c'est ce qu'aurait voulu Anastasia Romanova. Parce que c'est une cause juste. Toutefois, je ne saurais dire si ce que vous découvrirez sera à la hauteur de vos attentes.

Les enfants se fixèrent intensément puis hochèrent la tête.

– On veut y aller, annonça la jeune fille.

Sur ce, Nataliya se leva et attrapa d'une main son long manteau blanc.

– Dans ce cas, nous devons faire vite. Irina est déjà en route.

Elle retira d'un tiroir une boîte en étain. Elle en sortit deux petites clés, l'une dorée et l'autre orangée, qu'elle rangea dans la poche de son manteau.

– Connaissez-vous l'endroit où mes ancêtres ont été massacrés ?

– Iekaterinbourg, répondit Amy. Dans une maison.

– Là où se trouve à présent la cathédrale Saint-Sauveur-sur-le-Sang-Versé. Un nom terrifiant, mais tristement de circonstance. L'église fut construite bien plus tard. C'est au sous-sol qu'on a tiré sur toute ma famille.

– Et on y va comment ? se renseigna Dan.

– Le Requin est le moyen le plus rapide. Allons-y !

Ils la suivirent dans le couloir jusqu'à un ascenseur. Le garçon s'étant imaginé qu'ils embarqueraient à bord d'une sorte de petit bateau ultra rapide, il fut surpris de déboucher sur le toit du palais national du Kremlin.

– Nous y sommes, annonça Nataliya.

– C'est ça, le Requin ? s'étonna Amy tandis que son frère fonçait déjà vers l'appareil.

– Oui, le plus puissant des hélicoptères russes. Il atteint les quatre cent quatre-vingts kilomètres à l'heure.

L'engin, entièrement noir, était deux fois plus grand qu'un hélicoptère normal, et son gouvernail ressemblait à un aileron de requin.

Dan sautillait sur place :

– Waouh ! Quatre cent quatre-vingts ! C'est un record du monde, pas vrai ?

– Aucune idée !

Nataliya s'adressa à Amy :

– Il est toujours aussi survolté ?

– Vous n'avez encore rien vu !

– Bien ! À présent, c'est à vous de jouer. Je vous souhaite bonne chance !

– Comment ça ! Vous ne venez pas avec nous ?

– Je ne peux pas.

– Mais… p-p-pourquoi ? Comment on va diriger ce machin ? On n'est pas pilotes !

— Je télécommanderai l'appareil et vous conduirai là-bas en toute sécurité.

À ces mots, Dan exulta :

— Super ! C'est comme si on allait jouer au jeu vidéo le plus génial de tous les temps !

— Je ne suis pas d'accord, protesta Amy.

— Crois-moi, je vous accompagnerais volontiers si je le pouvais. Mais je dois absolument rester dans la forteresse, au cas où Irina tenterait de me joindre. Et puis, je n'ai aucune raison valable d'aller là-bas. Elle risquerait de se douter de quelque chose.

Nataliya glissa alors une main dans sa poche, et tendit les deux petites clés à Amy, qui paraissait désemparée. Elle lui adressa.

— Ne crains rien, déclara-t-elle en un sourire rassurant. Je serai en communication permanente avec vous. Maintenant, vous devez absolument partir. Mettez vos casques et préparez-vous au voyage de votre vie.

Pour Dan et Amy, le moment était venu d'entrer dans le cercle noir des Lucian.

14. Le plus puissant des hélicoptères

À bord du Requin, Amy hurlait de peur, tandis que Dan poussait des cris de joie.

– Quand Hamilton va apprendre ça ! C'est le top du top !

Poussé à pleine vitesse par Nataliya depuis une salle située sous le Kremlin, le Requin faisait un bruit assourdissant.

– J'adore piloter ! s'exclama-t-elle.

– Mais vous ne volez pas pour de vrai ! cria Amy, tentant de couvrir le vacarme des pales.

Se retrouver dans un hélicoptère sans pilote était pour elle une expérience cauchemardesque.

– Inutile de parler si fort, fit savoir Nataliya. Je t'entends parfaitement bien. De mon fauteuil, c'est

157

comme si je pilotais. Je suis dans la salle de contrôle, et c'est très impressionnant. Il s'agit d'une réplique parfaite du cockpit du Requin, avec des écrans panoramiques partout : devant, derrière, en bas, en haut. Les sièges en cuir sont eux aussi à l'identique. J'ai exactement les mêmes sensations que si j'étais à bord de l'appareil, le vent et le bruit en moins.

– Vous en avez de la chance ! Ici, c'est l'enfer ! C'est bruyant et t-t-terrifiant.

– Tu n'as absolument aucune raison d'avoir peur. J'ai la situation bien en main.

Dan bondit sur son siège en menaçant :

– Hé ! Si tu vomis, je te jette par-dessus bord !

– Tu n'as qu'à fermer les yeux, conseilla Nataliya à la jeune fille.

Amy essaya de se calmer, tandis que NRR reprenait d'une voix douce :

– Je quitte rarement le centre de surveillance des Lucian. Je me sens comme prise au piège ici, sous terre. Mais grâce au Requin, je peux m'évader. Je ne suis jamais allée là où vous vous rendez ce soir. C'est le lieu où mes ancêtres ont été exécutés. Ce que vous allez y trouver, je le crains, risque de ne pas être joli à voir.

Elle se tut brusquement, comme si l'évocation du passé l'avait plongée dans une douloureuse torpeur.

– J'ai tout lu sur la Chambre d'ambre, annonça Amy, le cœur au bord des lèvres. Elle était donc cachée, en Russie ! Vous vous rendez compte que le monde entier se demande ce qu'elle est devenue ?

– Nous, les Lucian, sommes très forts lorsqu'il s'agit de dissimuler des choses. À présent, un cercle noir entoure la cathédrale Saint-Sauveur-sur-le-Sang-Versé.

– C'est quoi au juste ?

– Cela signifie qu'aucun Lucian n'a le droit d'y entrer à moins d'avoir une autorisation expresse de Vikram Kabra.

– Comment trouvera-t-on la clé ?

– Il y a une seule et unique horloge dans la chambre. Placez l'aiguille sur minuit, puis sur une heure, et de nouveau sur minuit. Et son cadran s'ouvrira.

– Je m'en souviendrai.

– J'en suis convaincue.

Le soleil commençait à décliner. Plus il se rapprochait de l'horizon, plus Nataliya augmentait la vitesse du Requin. Lorsque celui-ci avoisina les cinq cents kilomètres/heure, elle s'efforça de le maintenir à ce régime, engendrant à l'intérieur du cockpit un bruit à la limite du supportable.

La cathédrale était perchée sur une petite colline verdoyante, dans un quartier tranquille dont les habitants étaient pour la plupart déjà endormis. À cette heure-ci, les passants se faisaient rares et peu de voitures circulaient.

– Je vais vous faire atterrir sur le parking de l'église. Irina est peut-être déjà sur place. Alors, par sécurité, ouvrez la trappe qui se trouve à vos pieds et cachez-vous dans le sas. Dépêchez-vous !

Les enfants s'exécutèrent. Au moment où le Requin amorçait sa descente, il faisait déjà presque nuit.

Nataliya leur donna ses instructions :

– Vous entrerez dans l'église par la porte de derrière, en utilisant la petite clé dorée. Une fois à l'intérieur, cherchez la piste d'ambre sur le sol et suivez-la. Avec la clé orange, vous accéderez à une série de sept cadrans à combinaison. Placez-les tous sur « carreau » afin d'ouvrir la dernière porte. Entrez, mais ne soyez pas effrayés par ce que vous verrez. D'après ce qu'on m'a dit, vous traverserez d'abord la crypte funéraire. Et c'est derrière les tombes que se trouve la Chambre d'ambre.

Ils ne firent aucun commentaire. La crypte dont parlait Nataliya ne pouvait être que la dernière demeure des six Romanov exécutés. Pourtant, Amy avait lu dans le guide que leurs restes reposaient dans la cathédrale Pierre-et-Paul de Saint-Pétersbourg, nécropole de toute la famille impériale depuis des siècles. Elle en déduisit que les Lucian devaient être suffisamment puissants, en Russie, pour avoir fait transférer les six cercueils dans leur chambre forte secrète.

– Vous voyez Irina quelque part ? s'informa Dan.

– Non, elle n'est sur aucun de mes écrans, répondit NRR. Mais ça ne veut rien dire. Elle n'est pas du genre à rester à découvert.

– On prend la lampe-torche ? voulut savoir Amy.

– Oui. Mais interdiction de vous en servir avant d'être dans la crypte. Vous risqueriez de vous faire repérer.

– Entendu !

– Maintenant, allumez l'écran près de vous, et vous verrez le parking. Avant de sortir, assurez-vous que la voie est libre. Bonne chance !

L'instant d'après, l'hélicoptère se posa dans un vacarme indescriptible.

La nuit était enfin tombée sur la cathédrale Saint-Sauveur-sur-le-Sang-Versé.

– Braslov, établissez un périmètre de sécurité de quatre cents mètres, ordonna par téléphone Nataliya au vigile qui travaillait à trois bureaux du sien. J'ai atterri sur le parvis de l'église.

– C'est déjà fait. Irina a vu le Requin se poser, elle m'a appelé il y a quelques minutes. La zone sera sécurisée d'une seconde à l'autre.

– Merci, Braslov.

En effet, les phares d'une voiture de police, puis d'une deuxième, apparurent aussitôt sur son écran. En Russie, les Lucian contrôlaient tous les échelons de la police. Ses responsables se retrouvaient au QG, autour d'une grande table, et inventaient de faux prétextes afin de tenir la population à l'écart des zones exigeant la mise en place d'un cercle noir. Ils évoquaient très souvent des fuites toxiques. Cette fois-ci, ils avaient déclaré la cathédrale Saint-Sauveur « zone radioactive ». Les véhicules de police étaient là pour dissuader les éventuels curieux d'approcher l'hélicoptère géant.

Alors que ses caméras effectuaient un panoramique sur le parking, Nataliya repéra la silhouette d'Irina qui émergeait d'un bosquet. Elle marchait vers le Requin d'un pas déterminé, les mains dans les poches de son manteau. Une fois sur place, elle se mit à scruter l'intérieur du cockpit, et s'empara de son téléphone portable :

– Tu ne pouvais pas atterrir dans un endroit un peu plus discret ? lui reprocha-t-elle. C'est très risqué !

De sa forteresse souterraine, Nataliya reçut le message cinq sur cinq.

– Excuse-moi. Mais j'ai cru bon de me poser le plus près possible.

Et elle ajouta pour changer de sujet :

– Je n'avais jamais piloté à cette vitesse. Cet engin est d'une puissance incroyable !

– Belle bête, en effet ! J'ai hâte de remonter dedans.

L'ex-espionne fit le tour de l'appareil, se baissa pour vérifier que le sas était bien fermé, puis se tourna vers l'église. Elle semblait préoccupée.

– Quelque chose te tracasse ? l'interrogea Nataliya.

– Dan et Amy...

– Pourquoi ces deux gamins t'intéressent-ils autant ? Ils n'ont pas l'air bien méchants. Je les suis à la trace depuis le début, comme toutes les autres équipes, et je n'ai rien remarqué de particulier. Ils sont totalement inoffensifs.

– Ne les sous-estime pas. Ils sont plus malins qu'on ne croit.

Elle se planta face au cockpit :

– Tu m'ouvres ?

Nataliya se mordit la lèvre inférieure. Irina avait un œil de lynx. Si les enfants avaient laissé la moindre trace, elle s'en rendrait compte. NRR pressa à contre-cœur un bouton blanc, qui déverrouilla la cabine de pilotage.

— Peux-tu surveiller ce qui se passe dehors ? demanda Irina.

— Certainement.

Au lieu de cela, Nataliya brancha la caméra interne du Requin pour l'épier. Elle l'observa passer le cockpit au peigne fin, ainsi que les sièges à l'arrière. Tout paraissait normal.

Soudain, l'ex-espionne disparut de son écran. NRR fit pivoter la caméra dans tous les sens et, l'orientant finalement vers le plancher, l'aperçut en train de soulever la trappe du sas. Son cœur s'emballa. C'était fini, elle allait les démasquer.

Mais rien ne se produisit. Irina relâcha la trappe et sauta hors du Requin en annonçant :

— J'entre dans l'église. Surveille les alentours.

Nataliya était soulagée. Dan et Amy avaient dû profiter de ce court laps de temps pour s'échapper et courir se mettre à l'abri à l'intérieur de l'édifice, sans être vus. Ils n'étaient pas pour autant tirés d'affaire.

Irina Spasky s'apprêtait à les rejoindre.

15. La Chambre d'ambre

Derrière l'église, face à une petite porte en bois, Amy sortit la clé dorée de sa poche et l'introduisit dans la serrure. Elle entra, talonnée par son frère qui se tenait l'épaule en faisant la grimace.

– Tu t'es fait mal ?

– Oui, un peu, grommela-t-il.

– Heureusement qu'Irina ne nous a pas vus ! La prochaine fois, tu y réfléchiras à deux fois avant d'appuyer sur un bouton !

Cachés dans le sas, les yeux rivés sur leur écran, ils avaient aperçu l'ex-espionne rôder autour de l'hélicoptère. À peine était-elle montée à bord que le garçon, pris de panique, avait pressé un gros bouton rouge vif. Le plancher s'était instantanément ouvert sous leurs pieds, et ils étaient tombés sur le bitume. Ils avaient ensuite couru jusqu'à la cathédrale.

– Dépêchons-nous de découvrir la Chambre d'ambre et fichons le camp d'ici, déclara Amy. Je n'ai aucune envie de me retrouver nez à nez avec Irina.

Ils balayèrent du regard l'intérieur de l'église. Il y faisait très sombre. Seules quelques petites lampes éclairaient la nef, laissant entrevoir le sol de marbre blanc.

– Tu vois quelque chose qui ressemble à de l'ambre ? demanda Dan.

Amy secoua la tête, puis elle s'avança avec prudence dans l'allée centrale.

C'était sinistre de déambuler ainsi dans une église en pleine nuit, d'autant qu'elle savait que dessous se trouvait un tombeau. Elle frissonnait à l'idée de ce qui pourrait surgir des rangées de bancs plongées dans l'obscurité.

– J'ai trouvé ! s'exclama Dan, en regardant par terre.

En effet, des petits carreaux orange foncé apparaissaient entre les dalles de marbre, à environ deux pas d'intervalle.

– On dirait des taches de sang.

Ils les suivirent jusque derrière l'autel, où ils descendirent une volée de marches en granit. Lorsqu'il ouvrit la porte située au bas de l'escalier, Dan sentit un courant d'air frais lui caresser la joue, et il scruta avec inquiétude le passage sombre devant lui.

Le couloir souterrain s'enfonçait sur plusieurs mètres avant de se perdre dans le noir. Ils marchèrent sur la pointe des pieds jusqu'à un embranchement en forme de T. Les murs étaient à présent en béton, si bien que Dan eut la certitude qu'ils n'étaient plus très loin de la zone interdite.

– Prenons à gauche, suggéra sa sœur.

Au bout d'un long corridor, une ampoule nue éclairait une porte en acier, fixée au mur par d'épais gonds de fer. Les enfants eurent l'impression d'être dans les sous-sols d'une banque, devant un coffre-fort géant.

– Pourquoi est-ce que je suis aussi n-n-nerveuse ? s'interrogea Amy, la petite clé orange tremblant dans sa main.

– Peut-être parce qu'on va entrer dans un tombeau en pleine nuit, sous un bâtiment appelé « Église du Sang » !

– M-m-merci de ton aide !

– Donne-moi cette clé.

Dan la tourna dans la serrure. Une petite paroi coulissa, révélant une série de cadrans à combinaisons aux quatre couleurs d'un jeu de cartes. Il les positionna aussitôt sur « carreau », et ils entendirent un déclic.

– Allons-y, lança Amy en respirant profondément.

Le garçon tira la lourde porte, puis pénétra dans une pièce fraîche et humide, au sol en terre battue.

Il chercha un interrupteur en tâtonnant le long du mur, sans succès. Alors, d'un geste vif, il sortit la lampe-torche de son sac.

Sa sœur n'en menait pas large.

– Je referme derrière moi ?

– Vaut mieux pas. Imagine qu'on reste enfermés ici ! Je n'ai pas envie qu'on retrouve nos squelettes dans dix ans !

Ils descendirent un large escalier bas de plafond tendu de toiles d'araignée. Arrivée en bas, Amy perdit son sang-froid :

– Je ne p-p-peux p-p-pas…

Dan balayait de sa lampe les moindres recoins de la crypte. Spacieuse, elle était remplie de vieux cercueils poussiéreux. Tout au fond, dans l'angle le plus éloigné, s'ouvrait une autre porte.

– Cet endroit est épouvantable ! s'exclama-t-elle. Des gens ont été abattus de sang-froid ici même ! Moi, je m'en vais.

Elle tourna les talons, mais Dan lui attrapa vivement le bras :

– On ne peut pas abandonner maintenant, si près du but ! On est à deux doigts d'apprendre quelque chose sur nos parents, et toi, tu te dégonfles ! Si tu veux, tu n'as qu'à me tenir la main en fermant les yeux.

Il se forçait à lui sourire, mais son regard trahissait son inquiétude. Amy n'en fut pas dupe.

– Tu as peur, toi aussi. Ne dis pas le contraire !

– On en a vu d'autres ! Allez, fais-moi confiance. Courage !

Pour une fois, elle laissa son frère prendre l'initiative et suivit ses instructions sans broncher. Les paupières closes, elle se laissa guider en traînant les pieds. Le faisceau de sa torche braqué sur la porte du fond, Dan se fraya un chemin entre les six cercueils remplis d'ossements. Soudain, il s'immobilisa.

170

– Amy, tiens-moi la lampe.

– Que se passe-t-il ?

– Rien ! J'ai juste besoin de ma main.

Elle chercha la lampe à l'aveuglette et finit par la trouver.

– N'ouvre surtout pas les yeux maintenant ! la prévint-il.

Mais elle n'en fit qu'à sa tête et s'aperçut qu'il était en train de soulever le couvercle du dernier cercueil.

– Tu es cinglé ! Referme ce truc !

– Du calme ! Y a que des os là-dedans.

– Tout de suite !

Il obtempéra, puis se posta devant la porte pour tourner la poignée.

En passant la tête dans l'embrasure, il remarqua que la pièce baignait dans une douce lueur dorée.

– Tu peux éteindre.

Ce qu'elle fit dès qu'elle fut à l'intérieur.

Impossible de déterminer d'où provenait la lumière. Elle semblait surgir de partout, comme si un millier de minuscules bougies étaient incrustées dans les murs.

– La Chambre d'ambre ! s'extasia Amy. Dan, on a réussi !

Le plafond s'élevait, majestueux, à près de six mètres au-dessus d'eux. Chaque parcelle de la pièce était recouverte d'une matière orangée étincelante.

La jeune fille se dirigea vers l'un des murs et en caressa les motifs finement sculptés. Chaque panneau était fait d'ambre translucide. Un tel chef-d'œuvre avait dû nécessiter de nombreuses années de travail, à l'instar des pyramides d'Égypte ou de la chapelle Sixtine. Ils se tenaient au cœur d'une merveille que personne ou presque n'avait vue depuis la Seconde Guerre mondiale ! Pour la planète entière, ce trésor inestimable était perdu à jamais.

– L'horloge ! s'écria soudain Dan en repérant le somptueux objet posé sur une table incrustée d'ambre.

Il se hâta de traverser la pièce au centre de laquelle trônait une imposante statue équestre. Au passage, il aperçut un meuble noir d'aspect lugubre plein de classeurs.

Amy rejoignit son frère :

– Il faut régler l'horloge sur minuit.

Le garçon se mit aussitôt en quête du mécanisme qui lui permettrait d'effectuer l'opération.

– YES ! fit-il en découvrant un ressort, qu'il tourna jusqu'à ce que l'aiguille indique le nombre douze.

– Maintenant, mets-la sur une heure, puis de nouveau sur minuit.

Lorsqu'il eut fini, le cadran pivota sur une unique charnière dorée.

À l'intérieur brillait une perle d'ambre sur laquelle étaient gravés ces mots : *1 gramme d'ambre fondu.*

172

Fous de joie, ils se jetèrent dans les bras l'un de l'autre.

– On a la clé ! On a la clé !

Leur voyage en Russie n'avait pas été de tout repos. Ils s'étaient montrés tenaces, rusés, courageux. Et leurs efforts étaient enfin récompensés.

Avec une infinie délicatesse, Amy saisit la perle qu'elle déposa au creux de sa main pour l'admirer.

Ils possédaient désormais huit clés, s'approchant peu à peu du but ultime que Grace avait appelé « le destin des Cahill ». Cependant, ils n'étaient pas venus ici uniquement pour ça.

Les enfants se tournèrent alors vers le meuble dont la couleur noire contrastait avec la douce lueur dorée dégagée par l'ambre.

Dan s'empara d'un des classeurs.

– On cherche à quel nom ? Cahill ? Trent ? Hope ou Arthur ?

– Tous. Commence par ce côté, moi je prends l'autre. Dépêchons-nous !

Il parcourut rapidement l'épais classeur portant la mention : *Mission Angola. Arkhangelsk. Assassinats.* Apparemment, sous les jolies étiquettes en caractères d'imprimerie se cachaient de vilains secrets gardés par les Lucian.

– Dan !

Sa sœur était pétrifiée de peur, un mince dossier entre les mains.

– Papa et maman ?

– Non. Les Madrigal !

Elle l'ouvrit et saisit les trois feuilles volantes qu'il contenait : des notes manuscrites en russe dont la traduction était rédigée au verso.

Elle lut la première à voix haute :

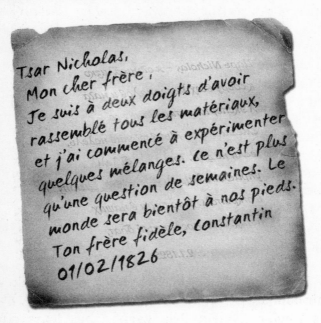

Tsar Nicholas,
Mon cher frère,
Je suis à deux doigts d'avoir rassemblé tous les matériaux, et j'ai commencé à expérimenter quelques mélanges. Ce n'est plus qu'une question de semaines. Le monde sera bientôt à nos pieds.
Ton frère fidèle, Constantin
01/02/1826

– C'est très étrange. J'ai lu quelque chose sur eux. Constantin a renoncé au trône pour laisser son frère Nicolas devenir tsar de Russie. Mais ce document indique qu'il avait une bonne raison : il rassemblait les clés !

– Autrement dit, les Lucian les auraient déjà toutes ? s'alarma Dan. Que dit la deuxième note ?

Amy mit de côté la lettre jaunie pour s'intéresser à la suivante :

Mon frère,
Il ne me manque que quelques ingrédients. Toutefois, je ne suis pas au bout de mes peines.
L'ordre et la quantité nécessaires sont déconcertants. Il se peut qu'il me faille un mois, voir plus.
Constantin
23/06/1826

Le garçon, bouleversé, n'était pas certain de vouloir connaître le contenu de la troisième note. Car si les Lucian avaient déjà gagné, tous leurs efforts n'avaient servi à rien. La partie était perdue d'avance.

– Oh non ! s'exclama Amy, penchée sur le dernier document.

– Quoi ? Les Lucian nous ont battus ? C'est ça ?

Elle lança un regard inquiet à son frère, et lut d'une voix étranglée :

Un silence pesant s'abattit sur la pièce.

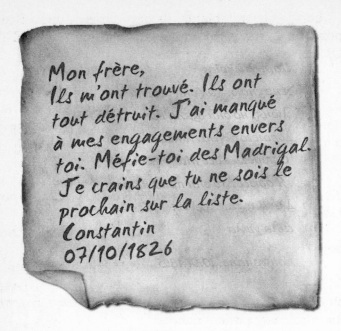

Mon frère,
Ils m'ont trouvé. Ils ont tout détruit. J'ai manqué à mes engagements envers toi. Méfie-toi des Madrigal. Je crains que tu ne sois le prochain sur la liste.
Constantin
07/10/1826

– Les Madrigal sont plus puissants que les Lucian ! s'écria-t-elle. Si ça se trouve, ce sont eux qui ont assassiné la famille royale !

– Et l'homme en noir est un Madrigal !

– Fichons le camp d'ici !

– Attends ! Et pour nos parents ?

Ils se ruèrent de nouveau sur le meuble pour consulter frénétiquement chaque classeur. Cinq minutes plus tard, Dan avait sous les yeux une chemise étiquetée : *CAHILL, HOPE ET TRENT, ARTHUR*. Il s'immobilisa, le cœur battant à tout rompre.

– Dan ! Qu'est-ce qu'il y a ?

Les doigts tremblants, ils découvrirent deux passeports australiens marqués du tampon « CONFISQUÉ ». Dan déplia le premier.

– Ça alors !

Amy ouvrit le second.

– C'est bien maman et papa, mais sous de faux noms ! annonça-t-elle en scrutant les deux photos d'identité.

– Ils sont venus ici !

Les feuillets suivants étaient couverts de visas de divers pays : Égypte, Afrique du Sud, Népal, Japon, Indonésie, France…

– Ils cherchaient les clés, déclara Amy. Tout comme nous.

– Seulement, ils n'ont pas pu aller jusqu'au bout.

Le garçon, tout à l'heure si joyeux, fixa leur visage en se retenant de pleurer. À l'instar de leurs parents, lui et sa sœur avaient échoué.

Des larmes coulaient sur les joues d'Amy.

– On dirait qu'ils sont là pour nous aider. Qu'ils nous observent de là-haut…

– Et ils ne sont pas les seuls ! lança Irina Spasky en franchissant la porte.

– Qu'avez-vous fait ?

Irina était terrorisée, mais sa voix n'en laissa rien paraître. Comment les enfants avaient-ils pu être aussi stupides ? De tous les endroits qui existaient sur la planète, il avait fallu qu'ils s'introduisent dans le plus dangereux : un cercle noir de Lucian. Leur chance de s'en sortir était infime...

L'ex-espionne traversa la pièce à grands pas pour les coincer.

– Dites-moi ce que vous avez trouvé. Vite !

– Rien pour l'instant, marmonna Dan, en glissant une main dans la poche arrière de son pantalon.

– Ne joue pas à l'imbécile avec moi ! Qu'est-ce que tu caches ?

Sur ce, elle remarqua une feuille jaunie gisant par terre, ainsi que le cadran ouvert de l'horloge.

– Je vois que vous avez fouillé dans nos archives secrètes et dérobé notre clé ! Vous êtes malins, mais pas assez pour avoir fait ça tout seuls. Quelqu'un vous a forcément aidés. Quel est son nom !

– On n'a rien découvert d'important. Que des vieux papiers, mentit Amy.

– Donnez-les-moi immédiatement ! Vous êtes en danger de mort !

Irina, nerveuse, lorgnait sans cesse par-dessus son épaule en direction de la porte. « Plus que quelques minutes, au grand maximum ! », songea-t-elle.

Mais elle avait tort.

– À partir de maintenant, c'est nous qui prenons les choses en main ! tonna soudain une voix d'homme.

Elle fit volte-face. Deux individus, le visage dissimulé sous un voile noir, bloquaient la sortie de la Chambre d'ambre. Ils ouvrirent en même temps les pans de leur veste grise, révélant le blason des Lucian entouré d'un cercle noir.

– Nous représentons M. Kabra, grogna l'un d'eux. Votre accréditation, s'il vous plaît ?

– C'est moi qui suis à l'origine du cercle noir, répondit-elle du tac au tac. Je bénéficie de la plus haute accréditation.

Les deux hommes se regardèrent, tâchant d'évaluer la situation. Irina n'avait plus le choix, maintenant qu'ils étaient là. Elle devait supprimer les jeunes Cahill, ou bien ils s'en chargeraient à sa place avant de la tuer, elle aussi.

– J'étais sur le point de régler leur compte à ces deux intrus, annonça-t-elle. Surveillez la porte et couvrez-moi !

Les deux agents reculèrent dans l'obscurité de la crypte.

Elle n'aurait jamais imaginé en arriver là. Il lui aurait suffi de deux minutes pour s'entendre avec les enfants, récupérer les documents secrets ainsi que la clé, et les faire sortir d'ici sains et saufs ! Elle s'approcha d'eux, une main dans le dos, prête à dégainer son poignard.

Sentant le danger, Amy s'interposa pour protéger son frère.

– Laissez-nous partir, je vous en prie ! Nous vous donnerons ce que vous voudrez.

– Trop tard. Je ne peux plus rien pour vous !

« Quand on perd un enfant, on perd son âme », repensa Irina.

Dans sa main, le couteau était froid comme la glace.

Tout à coup, un grand bruit sourd la fit sursauter. En se retournant, elle entrevit l'ombre d'un individu courir sur le mur de la crypte et se ruer sur les deux agents.

L'un d'eux poussa un cri de douleur.

– Ne bougez pas d'ici ! ordonna-t-elle aux enfants.

Elle bondit tel un chat vers la porte. Des silhouettes étaient en train de se battre tandis qu'une voix étrangement familière parvenait à ses oreilles. Elle s'approcha pour en avoir le cœur net.

– VOUS ? souffla-t-elle, les yeux rivés sur un personnage maigre et longiligne entièrement vêtu de noir.

Et elle se jeta sur lui.

Dan et Amy ne perdirent pas un instant. À la seconde même où Irina franchissait la porte, ils foncèrent derrière elle. Dans la crypte, ils entendirent des coups, des hurlements, et un corps s'effondrer par terre. S'habituant peu à peu à l'obscurité, ils distinguèrent l'homme en noir engagé dans une lutte acharnée avec Irina Spasky.

Dan rampa vers le premier cercueil, Amy sur les talons. Il l'ouvrit aussi discrètement que possible et se glissa dedans. Voyant sa sœur hésiter, il l'agrippa par le poignet, la força à grimper, puis referma le couvercle. De leur cachette, ils percevaient le bruit des corps projetés contre les murs et les gémissements plaintifs. Quelqu'un vint même s'écraser contre leur cercueil.

Au bout de cinq minutes, l'un des deux agents s'écria :

– Ils se sont échappés !

– Ça, c'est ce qu'il croit, murmura Dan.

– Je les vois ! lança une voix rauque, inconnue des deux enfants.

Sur ce, il leur sembla que plusieurs personnes sortaient de la crypte en courant et remontaient précipitamment dans l'église.

– Cette voix ? chuchota Amy. C'est sans doute celle de l'homme en noir. Il nous aide ?!

– Impossible !

Une fois le silence revenu, Dan souleva très légèrement le couvercle afin d'observer les alentours.

Ils avaient tous disparu.

– Vaut mieux attendre un peu.

Amy acquiesça. Et, sans un mot, ils patientèrent dans le cercueil rempli d'ossements royaux.

16. Épilogue

Ils se trouvaient toujours à l'intérieur du cercueil quand, deux heures plus tard, le portable de Nellie vibra dans la poche d'Amy, la tirant d'un demi-sommeil. Dan dormait si profondément qu'il ne fut pas dérangé par les clignotements de la lumière verte.

Numéro masqué.

La jeune fille se risqua à murmurer :

– Allô !

Elle captait très mal, distinguant à peine ce que disait son interlocutrice. Tout ce qu'elle réussit à comprendre clairement fut le mot « sécurité », et elle en déduisit que le champ était libre. « Probablement Nataliya, pensa-t-elle. Ou alors Irina, qui cherche à nous débusquer. » Mais elle écarta cette seconde possibilité.

Elle donna un coup de coude à son frère, lequel se réveilla en grognant.

– Je viens de recevoir un appel. Quelqu'un a dit qu'on était en sécurité.

– Pas besoin de me le dire deux fois !

Et, il souleva d'un coup sec le couvercle.

Ils sondèrent tous deux les ténèbres environnantes. La porte de la crypte ayant été refermée, ils n'y voyaient strictement rien.

Amy alluma la lampe-torche.

Elle fit danser le faisceau lumineux sur chaque mur et chaque cercueil, puis le dirigea vers la porte qu'ils devraient franchir pour retourner dans l'église.

S'extirpant du cercueil, elle entendit, horrifiée, des os se briser sous son poids.

– Rien qu'une ou deux côtes, plaisanta Dan. T'inquiète, il n'en a plus besoin ! Au fait, qui a téléphoné ?

– Je n'en suis pas sûre. Je crois que c'était Nataliya.

Il n'y avait pas de combinaison secrète de ce côté-ci de la porte. Ils se contentèrent de la pousser et s'en furent, libres comme l'air.

Le lendemain matin, confortablement installé dans un hôtel d'Iekaterinbourg, Dan passa un coup de téléphone à Hamilton Holt.

– Tu n'es pas au volant d'un énorme engin au moins ?

– Pas encore. Mais la journée ne fait que commencer.

– On a la clé. Tu es prêt ?

– Ça fait deux jours que j'attends. Vas-y !

– Un gramme d'ambre fondu.

– Beurk ! C'est qui, Ambre ?

Dan pouffa de rire :

– Mais non abruti ! Ce n'est pas une personne, c'est une résine.

– Ouf !

Eisenhower arracha l'appareil des mains de son fils et hurla :

– N'espère pas t'en tirer comme ça ! Toi et ta sœur, vous vous êtes servis de nous ! Alors, que ce soit clair, on n'est plus associés !

– OK, monsieur Holt, comme vous voudrez. La compétition continue !

– La compétition continue ! approuva Amy, avec un sourire triomphal.

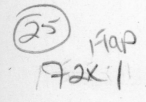